김형의 뒷모습

김형의 뒷모습

초판 1쇄 발행 2025년 8월 31일

지은이 유익서
펴낸이 강수걸
편집 이혜정 강나래 오해은 이선화 이소영 유정의 한수예
디자인 권문경 조은비
펴낸곳 산지니
등록 2005년 2월 7일 제333-3370000251002005000001호
주소 부산시 해운대구 수영강변대로 140 BCC 626호
전화 051-504-7070 | 팩스 051-507-7543
홈페이지 www.sanzinibook.com
전자우편 sanzini@sanzinibook.com
블로그 sanzinibook.tistory.com

ISBN 979-11-6861-511-3 03810

김형의 뒷모습

유익서 소설집

산지니

차례

저 너머 고향

☞ 무대

점점, 동이 터오고 있다. 빛의 입자들이 어둠의 입자들을 몰아내고 사각형을 짓는다. 빛과 어둠의 입자들이 한동안 밀고 밀리는 투쟁을 계속한다. 그 정도가 알맞다고 연출가가 판단했기 때문일까, 명도 6에서 조명은 더 밝아지기를 멈춘다. 무대는 바닥도 천정도 배경도 모두 검은 융단으로 되어 있다. 검은 융단 때문인가, 명도 6의 조명도 그것 이상으로 선명하다. 어둠 속에 빛이 사각으로 갇혀 있다. 어둠의 중심을 사각의 빛이 점령하고 있다. 아니, 역시 어둠 속에 사각의 빛이 갇혀 있다고 하는 것이 옳다. 아니, 어둠의 중심을 사각의 빛이 점령하고 있다고 하는 것이 맞다. 아니, 꼭 그렇지만도 않다. 양쪽 다 옳기도 하고 또 양쪽 다 틀리기도 하다. 이윽고 사각의 빛 속에서 무엇인가 움직이기 시작한다. 사람이다. 지치고 공포에 질린 얼굴의 사내다. 너덜너덜 찢어진 넝마를 몸에 걸치고 있다. 넝마는 풀빛의 군복이다. 견장도 계급장도 명찰 따위도 없다. 신분을 가늠할 수 있는 어떤 부착물도 보이지 않는다. 그가 군인인지 군인이 아닌지도 알 수 없다. 사내는 허공을 향해 팔을 벌리며 엉거주춤 일어선다. 마왕의 잠을 깨우지 않고 탈출하려는 꼬마 천사처럼 공포에 사로잡혀 조심하고 경계하고 신중하게 빛의 벽을 더듬어가기 시작한다. 그는 정확하게 빛의 벽을 더듬어가고 있다. 정작 빛의 한가운데서 그는 팔을 벌리고 제자리를 맴돌고 있다. 그러나 그의 팔의 그림자는 정확히 빛의 벽 가장자리를 더듬어가고 있다.

누군가 말하고 있다.

……평면상의 길이가 일정한 폐곡선 중에서 그 곡선으로 둘러싸인 도형의 넓이가 최대인 것은 원입니다. 원은 지름에 의해서 2등분 됩니다. 2등변 삼각형의 밑변의 길이는 같습니다. 17세기의 신학자 아셔는 매우 당당하게, 우주는 BC 4004년 10월 26일 오전 10시에 탄생했다고 주장했습니다. 그의 주장이 너무나 당당한 데다 아무도 그의 주장을 반박할 근거를 가지고 있지 못했으므로 어쩔 수 있습니까. 당시 많은 사람들은 우주의 생일을 그렇게 믿었습니다. 그러나 그것이 글쎄 어쩼다는 말입니까.

어떤 사내 하나가 나타났습니다. 사내는 폐곡선도 원도 삼각형도 또 직선도 그리고 우주의 생일에도 아무런 관심이 없습니다. 사내에게는 집도 가족도 친구도 없습니다. 그는 어디서 왔는지 앞으로 어디로 갈 것인지도 모르고 있습니다. 그의 처지를 좀 신경 써서 말하자면, 그는 겨울에는 날씨와 더불어 얼었고 여름에는 날씨와 더불어 탔습니다. 그는 아직 한 번도 노래를 부른 적이 없습니다. 만약 그가 앞으로 노래를 부른다면, 그것은 검은 빛깔의 매우 슬픈 노래가 될 것입니다…….

연극은 그렇게 진행되고 있었다. 그는 몹시 비논리적이고 뒤숭숭하다고 느끼며 무대를 지켜보고 있었다. 연극에 대해 아는 것이 전혀 없는 그는, 그러나 아까부터 종잡을 수 없는 기묘한 놀람 속으로 자꾸만 끌려 들어가고 있었다. 그것은 전에 한 번도 경험해 본 적 없는 낯선 전율을 동반하고 있었다. 연극은 논리가 일체 배제되어 있었다. 그러나 그렇게 생각한 순간, 무대가 변증법적으로 주장할 것은 다 주장하고 있다는 새로운 깨달음이 곧 그 뒤를 따라왔다. 알 수 없는 일이었다.

……사내는 마침내 힘을 잃고 쓰러졌다. 그의 혼돈과 방황이 끝난 것인가. 아니 그는 무엇엔가 발목이 잡혀 쓰러진 것이 분명했다. 사내는 다리를 뻗지르며 발버둥 치고 있었다. 그러나 갈수록 몸은 낮은 각도로 쓰러져 갔다.

누군가가 또 말하기 시작했다.

빛의 벽과 어둠의 벽이 공존하고 있습니다. 물론 그 어느 쪽 벽도 그 사내가 만들지 않았습니다. 그의 부모도 그의 형제도 그리고 그의 친구들도, 이 땅에서 오래전부터 삶을 꾸려온 사람들 가운데 누구도 그 벽을 만들지 않았습니다. 그러나 그 벽은 그 사내를 가두고 그가 아는 사람들은 물론 이 땅에 살고 있는 모든 사람들을 가두고 있습니다. 일설에 의하면, 빛의 벽은 미국이 만들었다고 합니다. 그리고 어둠의 벽은 소련이 쌓았다고 합니다. 그러나 그 '일설'을 꼭 신뢰해야 할 까닭은 없습니다. 왜냐하면, 빛의 벽을 영국이 만들었다고 해도, 또 어둠의 벽을 일본이 구축했다고 해도, 그리고 또 그 두 개의 벽을 미국, 영국, 중국, 소련이 함께 쌓아 올렸다고 해도 무방합니다. 왜냐하면 그것은 이 땅에 살고 있는 사람들과는 아무 관련이 없는 엄혹한 국제 정치 역학의 상징적 벽이기 때문입니다. 빛의 벽도 어둠의 벽도 '가둠'의 기능은 똑같습니다. 사내는 지금 빛의 벽 속에 갇혀 있습니다.

문제는 상하, 전후, 좌우, 그 어느 쪽에도 통로나 출구가 없다는 것입니다.

말은 탄식으로 이어졌다.

평화라는 놈은 종소리처럼 아득할까요, 별처럼 오각으로 반짝일까요, 극지 초고층 대기를 오색영롱하게 물들이는 오로라처럼 신비스러울까요? 평화라는 놈은 왜 아직도 오지 않은 것일까요? 그래 평화라는 놈은 도대체 어떻게 생겼을까요? 네모일까요? 세모일까요? 아니면 둥글까요? 아무도 본 사람이 없다고요? 그러면, 아무도 본 사람이 없는 그 평화라는 놈을 이 지구상에 반드시 실현시키고야 말겠다고 열변을 토해 온 그 많은 세계 지도자들은 청맹과니들이었던가요? 아니면, 그것이 천년왕국 같은 상징적 존재나 은유적 약속에 지나지 않았던 것인가요? 어쨌든 그 평화라는 놈은 지금 어디서 무엇을 하고 있는 것일까요?

그는 무대에 몰두해 있었다. 객석의 관람객들은 숨소리마저 죽인 채, 일체 외부와 차단된, 유리 상자 안 풍경 같은 무대 위 사내의 동작 하나하나, 해설자의 말 한마디, 한마디를 놓치지 않았다.

☞ 스크린

시네마스코프 형상의 기다란 스크린에 풍경 하나가 정지해 있다.

오른쪽에서 왼쪽으로 전개되어 있는 화면의 원경에는, 남빛 이내에 아련히 싸여 있는 낮은 산이 음악적으로 길게 누워 있고, 중경에는 가을볕에 영글어가고 있는 누런 벼 이삭이 넘실거리는 풍성한 가을 들판이 한없이 넓게 펼쳐져 있다. 화면 맨 아래쪽 근경에는 띄엄띄엄 앉아 있는 마을과 그 마을들을 이으며 늠실늠실 벋어 있는 길이 선명하다. 길을 끼고 강이 흐르고 있고 길 양쪽에는 키가 멀쑥한 미루나무가 나란히 서 있다. 읍내 쪽에서 버스 한 대가 나타나 가까운 마을 앞을 경유하여 한동안 늘어선 미루나무 사이로 달리더니 어느 지점에선가 문득 사라진다. 마침 해가 지고 있었다. 스크린 상단, 아득히 먼 산자락에 기차가 나타나 그림처럼 천천히 달리고 있다. 하릴없이 기적을 울리며 천천히 달리던 기차는 문득 남쪽 산자락 끝 어딘가를 끼고 돌아가는가 싶더니, 곧 모습을 감춘다.

화면이 바뀌었다. 온 세상이 와서 누워도 모두 품어주고도 남을 것 같은 넉넉한 가을 들판이 사라지고, 대신 아담한 마을 하나가 나타났다. 마을의 집들은 정답게 서로 어깨를 비비며 이야기를 도란도란 나누고 있고, 담장 곁에 익어가는 감을 주렁주렁 매단 감나무는 가끔 한 번씩 가지를 흔들며 거기에 추임새를 넣고 있다. 가을은 역시 이야기가 풍성하다. 가을 이야기 사이사이로 어디선가 자꾸만 바람이 솔솔 불어오고 있다. 바람에 집들의 살갗이 오소소 떨고 있다. 가을 이야기는 집 모퉁이를 돌아 집 안으로 깊숙이 스며들어 가고 있다.

마을 뒤에 거북등처럼 둥그렇게 솟아오른 동산이 보인다. 마을 옆구리를 끼고 거기로 올라가는 길이 벋어 있다. 한 사내가 그 비탈길을 따라 걸어 올라가고 있다. 그의 등 뒤에서 해는 주황빛 노을에 발을 담그고 있다. 크고 작은 차이는 있으나 마을의 집들은 대부분 지붕에 슬라브를 얹고 있다. 붉고 푸른 페인트로 지붕을 단장한 집도 있다. 집들은 모두 말쑥했다. 동산 가까이에 기와를 인 고풍스런 집 한 채가 도드라져 보인다.

탐스런 열매를 주렁주렁 매달고 서서히 한 잎 두 잎 옷을 벗어가고 있는 감나무 몇 그루를 지나 그 사내는 마침내 동산에 이르렀다. 해는 이제 하늘을 온통 벌겋게 물들인 채 서쪽 들녘 끝으로 가라앉아 가고 있다. 그 아래로 또 그림처럼 기차가 소리 없이 느리게, 느리게 지나가고 있다. 그 광경을 바라보며 사내는 까닭 모르게 몸을 떨었다. 사내는 점점 가슴이 붉게 물들어 갔고, 붉은 가슴속 어느 길엔가 멀리 버스가 달리고 있고, 기차가 지나가고 있는 것 같았다. 세상을 모두 아늑하게 감싸주고도 남을 것 같은 훈훈한 기운이 사내의 가슴속에 마냥 출렁거렸다. 윤의 고향, 사내는 윤의 고향에서 모든 이의 고향을 본 듯 전율하고 있었다.

자막이 오른쪽에서 왼쪽으로 흐르고 있다.

그래, 사람들은 가슴 가장 깊숙한 곳의 주머니에 고향을 소중히 간직하고 있기 마련이지. 막막하고 괴롭고 쓸쓸할 때면 남몰래 그것을 슬며시 꺼내 들고 위안으로 삼고는 하지. 그래서 고향이란 어머니와 함께 그리움의 원천이 되고 있는 것이지.

사내는 그곳을 떠나지 못하고 어둠을 맞이한다. 어둠이 낮은 율조(律調)로 발목을 덮어왔다. 무척 느린 진양조로 허리를 감아왔고, 중모리, 중중모리로 가슴께에 철썩였다. 그리고 마침내는 휘보리소로 사내의 머리까지 꼴깍 삼켜 버렸다.

다시 자막이 오른쪽에서 왼쪽으로 흐르고 있다.

윤의 고향. 죽음을 무릅쓰고 찾아왔으나 그는 끝내 닿지 못한, 저 너머 고향!

화면이 바뀌었다.

한 사내가 어떤 집에 당도하여 마당을 기웃거린다. 개가 이빨을 하얗게 드러내고 으르릉거린다. 다행히 곧 젊은 아녀자가 뛰어나와 개를 나무라며, 사내에게 죄송해한다. 사내가 무슨 말을 하자, 아녀자는 그를 집 안으로 안내한다. 늙수그레한 부인과 함께 놀고 있던 손자들이 낯선 사람이 방으로 들어오자 재빨리 부인의 등 뒤로 가서 숨는다. 사내가 부인에게 무엇인가 말을 하자 부인은 급히 아이들을 밖으로 내보낸다. 부인과 사내의 모습이 실루엣으로 보일 뿐 서로 나누는 이야기는 묵음 처리되고 있다. 이윽고 한 소리가 살아난다.

"그 사람, 전장에서 죽은 줄 알았는데, 아직 살아 있다는 말입니까?"

부인은 만감이 교차하는 듯 복잡하고 미묘한 표정으로 말끝을 흐린다. 사내와 부인은 이야기를 계속하고 있고, 그 소리는 들리지 않는다. 사내의 이야기를 들으며 부인은 깊은 수심에 잠겨 혀를 차거나 수긍이 간다는 듯 고개를 끄덕이기도 한다. 어느 사이 부인의 눈이 촉촉이 젖어들고 있다. 사내의 음성이 낮게 들린다.

"그때 그러니까, 그가 군대만 가지 않았으면 부인께서는 그 사람과 결혼을 했을 거란 말씀이죠?"

부인은 서슴지 않고 고개를 끄덕였다. 부인의 눈빛은 그윽했고 목소리는 잠겨 있었다.

"사대 독자니까, 그는 군대에 가지 않아도 된다고 했어요. 그런데 아무도 모르게 떡, 군에 입대하고 말았어요. 그가 종적을 감춘 후 얼마나 지났을까, 제게 군사우편 한 장이 날아들지 않았겠어요. 그래서 그가 군에 입대한 것을 알았어요. 그 집에서는 초상난 것처럼 난리가 났지요. 정말 아까운 사람이었는데……."

부인의 눈자위에 물기가 촉촉이 번져 있었다. 부인은 도무지 무심해질 수 없는 옛날의 어떤 시간 속을 헤매고 있는 것이 분명해 보였다. 부인은 눈을 감았고 한동안 입술을 깨물고 있었다.

"그 사람, 차라리 죽어버리지 않고 그런 꼴로 구차스럽게 살아 있다니, 믿어지지 않아요!"

부인의 탄식이 화면에 널리 퍼져 울렸다.

오페라 〈마농〉의 아리아 '그대는 아는가 저 남쪽나라를'이 낮게 낮게 배경에 흐르기 시작한다. 귤이 무르익고, 장미꽃 향기 가득하며, 바람도 고요한데 새는 노래하고, 향기로운 꽃에 모여드는 꿀벌들, 아지랑이 어리는 영원한 봄나라, 그 남쪽나라를 아는가 그대는…….

☞ 다시 무대

무대가 바뀌었다.

낯익은, 그러나 많은 것을 생략한 법정이 설치되었다. 검은 법복 차림의 법관이 법대 위에 앉아 있고 법대 아래에는 너덜너덜 해진 풀빛 군복을 걸친 사내가 엎드려 있다. 왼쪽에는 평상복의 검사가 오른쪽에는 변호인이 앉아 있다. 검사는 도수 높은 안경을 밀어 올리고, 변호인은 손수건을 꺼내 이마의 땀을 훔쳤다. 그들은 모두 빛의 벽 속에 갇혀 있다. 그러나 물론 그들 누구도 자신이 빛의 벽 속에 갇혀 있다는 사실을 인식하지 못한다.

검사의 사실 심문이 시작되었다.

"피고는 일천구백오십일 년 이월, 빛의 벽을 깨트리고 어둠의 벽 쪽으로 넘어간 사실이 있는가?"

"네?"

빛의 벽은 무엇이고, 어둠의 벽은 무엇이란 말인가? 사내는 속으로 반문하며 불안한 눈으로 주위를 둘러본다. 그를 도와줄 사람이 아무도 눈에 띄지 않는다.

"그런 사실이 없단 말인가?"

"네?"

사내는 웅크리고 앉으며 오줌 마려운 사람 시늉을 한다. 검사의 안경알이 순간 신경질적으로 반짝인다.

"아니, 피고는 일천구백오십일 년 이월, 빛의 벽을 깨트리고 어둠의 벽 쪽으로 넘어간 사실이 없단 말인가?"

검사는 언성을 높였다. 사내는 찔끔 놀랐다. 그러나 어깨를 움츠리며 사내는 불안한 얼굴로 고개를 쳐들었다. 검사의 위압적인 눈과 마주친 사내는 기겁을 한다.

"검사님이 그렇다면, 아 네, 네, 다 맞습니다. 그렇습니다."

"그래, 그렇단 말이지!"

검사의 얼굴이 한결 눅어졌다. 사내도 움츠렸던 어깨를 조금 폈다.

"그리고 다음, 피고는 일천구백육십 년 칠월, 이번에는 어둠의 벽을 깨고 빛의 벽 쪽으로 넘어왔는가?"

"네?"

사내는 어둠의 벽과 빛의 벽이 무엇을 말하는지 종잡을 수가 없다. 사내는 다시 불안한 기색이다.

"그런 사실이 없단 말인가, 있지 않는가?"

검사의 안경이 조명에 부딪혀 번쩍 빛을 되쏘았다. 사내는 소스라치게 놀란다.

"아, 네, 네. 검사님이 그렇다면 그렇겠습죠."

"그렇다면 어둠의 벽을 깨고 빛의 벽 쪽으로 넘어온 이유가 무엇인가?"

"네?"

"왜 넘어온 것인가?"

"아, 네. 왜 넘어왔느냐? 저는 고향에 가고 싶었습니다."

사내는 다급히 외쳤다.

"그 벽은 고향에 가고 싶다고 깰 수 있는 것이 아닌데 어찌?"

"그래서 저는 고향에 갈 수 없었습니다."

비로소 검사의 얼굴이 녹어졌다. 검사는 여유 있는 얼굴로 심문을 마쳤음을 재판장에게 알렸다.

재판관은 변호인에게 반대신문을 하도록 했다. 손수건으로 이마의 땀을 훔친 변호인은 엉거주춤 일어났다. 양손으로 책상을 짚고 등을 약간 굽혀 법대 아래 꿇어앉아 있는 피고인을 내려다보았다.

"피고인은 빛의 벽이 무엇인지 아십니까?"

"네……?"

"피고인은 어둠의 벽이 무엇인지 아십니까?"

"네……?"

"좋습니다. 그럼 피고인은 그것이 어디에 있는지 아십니까?"

"네……?"

"그래, 그것은 우리의 안과 밖에 두루 다 있습니다."

"네……?"

"우리의 안과 밖에 두루 다 있으니, 그것은 없는 것과 다르지 않을 터, 누가 그걸 식별할 수 있겠습니까."

변호인은 손수건으로 다시 이마의 땀을 훔쳤다.

"예."

"도대체 그 벽을 누가 만들었는지 피고인은 아십니까?"

사내는 고개를 저었다.

"당신의 할아버지와 할머니가 만든 것인가요?"

사내는 또 고개를 저었다.

"당신의 아버지와 어머니가 만든 것인가요?"

사내의 도리질이 좀 더 강해졌다.

"그럼 이 땅에 살고 있는 사람들, 당신의 이웃이나 친구들이 만든 것인가요?"

"아닙니다. 우리는 만든 적 없습니다."

사내는 울먹이며 외쳤다.

"좋습니다. 그러니까 그 벽을 누가 만들었는지, 또 어떤 목적으로 만들었는지 전혀 모르고 있었다, 이 말씀이지요?"

"예. 예!"

"피고인은 그 벽의 존재를 모르고 있을 뿐만 아니라, 그 벽의 기능 또한 알지 못하고 있습니다. 그 벽이 차단하고 있는 분단의 입법적 권위 또한 인정한 적이 없습니다. 그러므로 그 벽을 넘나든 사실이 처벌의 대상이 된다는 것 또한 모르고 있었습니다. 그렇지 않습니까?"

사내는 변호인의 말이 뜻밖이었던지, 의아스럽고 걱정스럽다는 눈으로 변호인을 쳐다보았다. 그러나 곧 무엇에 쫓기듯 급히 고개를 끄덕여 보였다.

"그럼, 좋습니다."

변호인은 재판관에게로 몸을 돌렸다.

"현명하시고 자애로우시고 용기 있는 재판장님, 피고인과 본 변호인이 나눈 문답과 제가 제출한 서류들로 본안 사건을 잘 파악하고 계실 줄 압니다만, 본 변호인이 몇 마디만 덧붙이겠습니다. 재판장님, 본안 사건은 그 벽을 누가 왜 구축했는지 먼저 밝히는 것이 핵심이라 사료되는 바입니다."

피고인을 대할 때 온화하던 것과는 달리 변호인은 고개를 빳빳하게 곤두세웠다. 음성 또한 더 높고 활달했다. 그는 양손을 줄곧 말의 보조 도구로 사용하고 있었다. 그의 양손은 칼날처럼 날카롭고 분주히 움직였다. 허공을 자르거나 격렬하게 내려치거나 또는 바쁘게 좌우로 젓거나 하면서 쉴 새 없이 그의 말을 돕고 있었다. 변호인이 변론에 몰두해 있는 사이 조명이 바뀌었다. 조명은 변호인만을 비추었다. 그러나 그것도 잠시, 조명은 다시 그 범위를 넓혀 무대 전체를 비추었다.

그사이 재판장도 검사도 피고인도 모습을 감추고 보이지 않았다. 그 사실을 아는지 모르는지 변호인의 열변은 계속되었다. 그의 음성은 시간이 갈수록 격앙되었고 손짓은 더 격렬해졌다. 당연한 일이지만 매우 엉뚱하고 우스꽝스럽게 보였다. 그러나 객석은 물밑처럼 착 가라앉아 있었다. 숨소리 하나 들리지 않았다. 관객은 숨을 죽이고, 슬픔과 연민이 가득한 눈으로 변호인을 지켜보며 그의 열변에 귀를 기울이고 있었다.

……자연의 섭리라면 당연히 우리 인간은 거기에 순응해야만 합니다. 만약 거기 적응하지 못하면 엄혹한 죽음이 기다리고 있을 뿐이니까요. 자연은 그의 섭리를 따르지 않는 인간은 죽음이라는 형벌로 다스립니다. 그러나 그 빛의 벽이나 어둠의 벽은 자연의 소산물이 아닙니다. 그것은 산도 아니고 강도 아니고 바다도 아니고 벼랑도 아니고 계곡도 아닙니다. 그것은 국제 정치 역학적 소산물로 관계자들이 임의로 그어놓은 선이고 벽에 지나지 않습니다. 그런 인위적인 선이나 구축물이 자연의 소생인 인간을 억압하고 묶는 덫이 되어서는 결코 안 되는 것입니다. 그러나 불행히도 그 빛의 벽과 어둠의 벽은 그것을 구축한 자들의 이념을 위해 일방적으로 자연의 소산인 이 땅의 모든 사람을 마치 운명처럼 도도히 가두고 다스리며 군림하고 있습니다. 그래, 이제 결론은 자명해졌습니다. 피고인은 존재의 당위성이 없는 그 인위적인 벽에 갇혀 신음하

다 마침내 그 벽을 깨트릴 필연적 요구에 봉착하게 되었고, 피고인은 그 필연적 요구에 장애가 되는 그 벽을 깨트리고 남북을 넘나들었을 뿐입니다. 그러므로 그 책임은 당연히 그 빛의 벽과 어둠의 벽을 설치한 자들에게로 돌아가야만 할 것입니다. 따라서 피고인은 아무 죄가 없는 희생자임이 명백할 뿐만 아니라, 갇혀 있어야 할 까닭이 없는 것이 분명합니다. 그러므로 피고인은 당장 자유롭게 석방되어야만 할 것입니다.

변호인은 가슴에 오므리고 있던 팔을 활짝 펴 허공을 밀어내듯 높이 쳐올리며 피고인의 석방을 주장했다.

무대는 또 한 차례 바뀌었다.

다시 피고인은 빛의 벽 속에 갇혀 있고 그는 팔을 벌리고 그 벽을 조심스럽게 더듬어 가고 있었다. 그의 얼굴은 비탄에 잠겨 있었고 계속 한숨을 내뿜고 있었다. 그러던 어느 어름, 빛의 면적이 점점 넓어져갔다. 마침내 무대는 빛으로 가득 넘쳐났다. 드디어 사내는 빛의 중앙에 서 있었다. 마침내 석방되었던 것이다. 놀란 사내는 모든 동작을 멈추고 어리둥절했다. 곧 그는 환희의 함성을 질렀다. 그러나 다음 순간 사내는 눈을 감싸며, 썩은 나무토막처럼 모로 쓰러지고 말았다. 자유의 빛은 그의 눈의 기능을 마비시키고 말았던 것이다. 자유의 빛은 그의 지각도 이성도 마비시키고 말았다.

누군가 무대 뒤에서 한숨 섞어 속삭이듯 말하고 있었다.

자유는 그에게 맞는 옷이 아니었다. 몸은 주어진 환경에 적응하기 마련이다. 오랜 수형생활에 적응하고 거기 단련된 그의 몸은 구금에 익숙해 있었다. 그에게는 자유보다 구속이 더 몸에 잘 맞는 옷이 되어 있었던 것이다!

☞ 탈놀이판

무대가 텅 비어 있다.

배면에 드리운 흰 막은 누가 어떤 그림을 그려도 다 받아들일 것처럼 넉넉하다. 이윽고 철릭에 남색 쾌자를 받쳐 입고 주립에 탈을 쓴 오방신장이 각기 오방색 신장기를 펄럭이며 등장한다. 동방청제장군, 서방백제장군, 남방적제장군, 북방흑제장군, 중앙황제장군. 다섯 방위 다섯 신장이 오방신장기를 펄럭이며 나타나자 흰 막에 그들의 그림자가 펼쳐지며 무대가 꽉 찬다. 이윽고 텅, 북이 울린다. 굿거리장단이 무대를 사로잡는 순간 오방신장이 일제히 신장기를 휘두르며 장단에 맞추어 춤을 추기 시작한다. 한동안 무대에 역동적인 춤판이 숨 가쁘게 펼쳐진다. 어느 여름, 중앙황제신장이 탈놀이판 한가운데에 우뚝 선다. 황제신장이 휘젓던 황색신장기를 문득 내려 깔며 '어라 쉬—이' 하며 한 바퀴 돌자, 장단과 춤이 뚝 멈춘다. 중앙황제신장이 동방청제장군을 호명한다.

어라 어라, 동방청제장군. 우리 모르는 희한한 이야기가 있다며, 그것이 얼마나 희한한지 한번 들어봅시다.

호명을 받은 동방청제장군이 청색신장기를 펄럭이며 탈판 중앙으로 썩 나선다. 대신 중앙황제신장은 벗겨지려는 탈을 얼른 바로잡으며 뒤로 급히 물러난다.

명색이 장군인 제가 여기서 허튼 말은 하지 않으렷다. 사실을 더 명확히 전달하기 위해서는 요령을 좀 피울 것으로되, 달리 방자하지는 않을 것임을 약속드립니다.

그런 너스레에 이어 허리를 깊이 숙여 절을 올린 다음 동방청제장군은 이야기를 시작한다.

……한 변호사가 살인사건 국선변호인으로 선임되어 사건을 조사한 바, 결과만 보일 뿐 그 원인이 보이지 않았다, 이 말씀이에요. 그래서 범행동기를 찾아 고심에 고심, 또 고심한 끝에 한 사실과 만나게 되었으니, 그 사실을 한번 읊어 올리겠나이다. 자, 사건의 피고인은 육이오 전란 때 최전선에서 교전 중 포로가 되어 북으로 끌려갔다지 뭡니까. 탄광 등을 전전하며 북에서 시달리던 중 고향을 그리워한 나머지 그는 죽음을 무릅쓰고 서해안을 따라 탈출해 남쪽으로 넘어왔다네요. 하지만 그는 고향에는 가지 못하고 대신 특수임무를 띠고 남파된 위장 귀순 간첩 혐의로 군사재판에 부쳐져 적전 도망죄, 이적죄, 간첩죄로 무기징역형을 받고 감옥으로 보내졌대요. 그리고 24년이란 긴 세월 동안 감옥살이를 하던 그는 지난 석

가탄신일에 가석방 혜택을 입고 겨우 풀려났다지 뭐예요. 그러니까 스무 살에 군에 자원입대한 후 가석방된 쉰네 살까지, 즉 34년이란 긴 세월 동안 세상과 단절된 생활을 해온 그에게 덜컥 자유가 주어진 것이었지요. 그런데 그에게는 자유가 필요하지 않았대요. 도리어 그는 자유라는 것이 여간 불편한 게 아니었다지 뭐예요. 익숙한 것 하나 없는 세상에 내동댕이쳐진 그는 막막할 따름이었대요. 그래서 어쩝니까. 자유가 싫으니 다시 교도소로 보내달라는 탄원서를 작성해 관계 요로에 제출했다지 뭐예요. 그리고 글쎄 바로 그 이틀 후 깍두기 다툼으로 살인을 저지르고 말았으니 이를 어쩝니까. 그러니까, 가석방된 지 꼭 한 달 만에 살인을 저지르고 말았으니, 딱하기 이를 데 없는 그를 어찌하면 좋겠습니까?

어, 그래 어쩌면 좋을까?

오방신장이 일제히 다음 이야기를 재촉했다.

……그래서 이번 살인 사건은 불운했던 피고인의 과거에서 그 원인과 동기를 찾아야 할 것이라고 국선변호인은 주장하고 있어요. 게다가 피고인에게 무기징역을 선고한 옛 재판이 구조적 결함을 지니고 있다는 사실을 밝혀낸 변호인은 그 재판의 재심을 청구해두기도 했어요. 그러니까, 피고인은 부당한 재판에 의해 24년이라는 긴 세월을 감옥에서 억울하게 옥살이를 하며 정상적인 인간의 이성과 판단력이 마비된 퇴행적

인간으로 변모해 있는 상태였는데, 글쎄 그러한 그를 위한답시고 석가탄신일을 빙자하여 이 세상에 내동댕이쳐버렸으니 살인을 저지를 수밖에 없지 않았겠느냐는 것이 국선변호인의 주장이었어요. 그래 여러 신장님네들, 이게 올바른 주장 아닐까요?

그래, 그래 올바른 주장일 테지. 그래서, 그래서?

오방신장의 재촉이 다급해졌다.

……그래서 변호인은 피고가 감옥에서 치욕스럽게 삶을 연장하는 것에 찬성할 수 없다고 했어요. 가치판단이나 분별력이 마비된 피고는 의식하지 못하고 있지만 장기복역이 얼마나 굴욕적인 삶인가를 살펴달라고, 국선변호인은 항변하고 있어요. 지난 24년간 수형 생활로 인해 안타깝게도 피고인은 갇혀 있음의 실체를 모르고 있다는 것이었어요. 또 남은 여생을 감옥에서 보내게 한다면, 그는 끝내 갇혀 있음의 부자유와 고통의 실체를 영영 알지 못하고 죽을 것이 명백함으로 그것은 아주 아주 부당하다는 것이 변호인의 주장이었어요. 인간의 삶이 보유하고 있는 행복이라는 것이 얼마나 광범위한데 그중 단 한 가닥의 따뜻한 기억도 간직하지 못한 채 그를 죽게 한다면 그것이 얼마나 부당한 일이냐는 것이 국선변호인의 강변이에요. 그 때문에 그의 여생을 교도소에서 보내게 해서는 안 된다고 주장하며 변호인은 글쎄!

그래, 그렇지 그렇고말고. 그래서는 안 되지…….

오방신장은 일제히 자리를 박차고 일어나 한바탕 걸쭉하게 춤판을 벌였다.

그래서 국선변호인은 마침내, 현명하신 재판장님, 본 변호인이 변호인으로서 본분을 잃고 감히 청하는바, 오로지 피고인을 위해서, 검사의 구형대로 사형에 처해주실 것을 간곡히 청하는 바입니다, 하고 읍소하고 말았다 하지 않습니까.

어라, 어라. 사형에 처함이 옳아. 그런가? 그런가? 아니지! 아니지!

주립을 흔들며 고개를 갸웃거리던 오방신장들이 일제히 자리를 박차고 일어나 동방청제신장에게 덤벼들어 멱살을 잡고 메다꽂은 다음 사정없이 짓밟기 시작했다.

☞ **어느 날의 풍경**

"그래, 뭐라고?"

"〈저 너머 고향〉이 이번 연극제 최고상을 탔다구요. 선생님, 제가 연출상과 최우수 희곡상을 수상했구요."

어찌나 기쁨을 크고 당돌하게 나타내는지 전화기가 터질 것 같았다. 그리고 수나는 어떤 신문이 〈저 너머 고향〉은 비록 대학연극제 출품작이지만, 기성 극단의 수준을 넘어서는 뛰어난 작품으로서 금년도 연극계의 수확 중 하나라고 격찬했다며 흥분을 감추지 않았다.

"잘됐구나. 축하한다."

그러나 순간, 가슴을 훑고 지나가는 맵고 차가운 바람에 그는 몸을 떨었다. 수나는 연극에서 사건의 피고인을 자유롭게 풀어주고 승리를 얻은 셈이었다. 그러나 실제의 피고인 윤은 어떤가? 윤은 불행하게도 사형선고를 받지 못했다. 윤에게 떨어진 것은 이번에도 무기징역형이었다. 윤은 지금 또 그 벽 속 어딘가, 물 흐르는 소리가 들리고 사람의 피를 말려가는 정적과 불결한 먼지와 기약 없는 시간이 쌓여가는 교도소에 웅크리고 앉아 있을 것이었다. 갇혀 있다는 것의 실체를 알지도 못하고 또 알려고도 하지 않고 그냥 쭈그리고 앉아 그 막연한 소음들과 또 정적과 먼지처럼 쌓여가는 눈금 없는 시간들에 마멸되어 가고 있을 것이었다. 윤은 연극을 통해서는 이해를 얻고 자유를 얻고 승리를 얻었지만 현실적으로는 그 질곡을 영영 벗어날 수 없었던 것이다. 연극이 그의 현실이 되고, 현실이 연극이 되는 '때' 그때는 약속된 바도 없고 따라서 영원히 오지 않을지도…… 모른다.

"선생님, 이번 연극, 모두 선생님 덕분이었어요. 제가 오늘 술을 사고 싶은데 선생님, 시간 좀 내주시겠어요?"

"글쎄다!"

그는 쓸쓸한 기분에서 미처 벗어나지 못하고 얼버무렸다.

"또 글쎄다, 서요? 나중에 제가 선생님 사무실로 가겠어요. 딴 약속은 마세요."

"글쎄다!"

"아이, 답답해. 그런데 그건 그렇구요. 그 사람 어떻게 됐어요? 재판이 끝났다고 했지요?"

"그래 선고 공판까지 다 끝났다."

"그래 어떻게 됐어요?"

"또 무기징역형을 받았다."

"아, 그래요. 잘됐군요, 선생님. 저는 사형이 떨어질 줄 알았는데……."

"잘되긴, 그 사람을 위해서는 사형이 떨어졌어야 옳은 건데……."

윤의 마지막 모습이 떠올랐다. 밤 풍경을 그린 유화처럼 어둡고 칙칙했다. 재판부는 그의 변론에 전혀 귀를 기울이지 않았다. 피고인을 시대의 희생물로 부각시키려는 변호인의 노력을 시대착오적인 감상이라고 도리어 질책하고 나섰다. 재판부는 역사의 소용돌이 속에서 보다 억울하게 희생된 많은 사례를 들어가며 그의 주장을 반박했다. 그러나 피고인의 이번 범행은 오랜 복역생활 등으로 인해 사회에 제대로 적응하지 못하고 일순 심리적 균형을 잃은 실조 상태에서 저지른 지극히 우발적인 범행이라는 점 등을 고려하여, 극형을 피해 무기징역형을 선고한다고 했다. 선고가 떨어진 순간 그는 무릎이 툭 꺾이는 것 같았다. 그러나 피고인 윤의 얼굴에는 바람같이 형체가 없고 종잡을 수 없는 웃음기가 번져가고 있었다. 방청 석에서도 안도의 한숨 소리가 들렸다.

"그럼 선생님, 그 사람. 재심 청구는 어떻게 됐어요?"

"그것도 기각됐다. 그 재판은 털끝만큼의 잘못도 없고 따라 서 재심 청구의 이유가 없다는 것이다."

"아, 엉터리들……!"

수나는 소리를 빽 질렀다.

"모두, 모두, 다 엉터리들이에요."

수나는 그리고 한동안 그가 알아들을 수 없는 말을 뒤죽박 죽 끊임없이 주절거렸다. 그 걷잡을 수 없는 저주와 탄식과 원망이 의식의 저편 아득한 곳에서 모습을 명료하게 드러내가 고 있었다. 수나의 말은 칠흑 같은 흑판에 백묵으로 선명하게 다음과 같이 써나갔다. '저주스런 악의 시대! 이 시대는 얼마 나 더 많은 희생자를 비료로 써야만 만족하게 될 것인가?'

"아, 선생님…… 그러면……."

얼마 동안이나 의식을 비워두고 있었을까, 그는 얼른 정신 을 차렸다.

"……선생님 별이 보고 싶어요."

그는 아무 대꾸도 하지 않았다.

"선생님, 듣고 계세요?"

"그래."

"선생님, 별들은 변함없이 영원히 같은 궤도를 따라 돈다고 하셨잖아요. 저는 그런 별에 가서 살았으면 좋겠어요."

그는 도리질을 했다. 그는 잠깐 망설인 끝에 입을 열었다.

"아니 그건 잘못된 생각이다. 별들이라고 영영 변하지 않는 것은 아니란다."

"아니, 그것이 무슨 말씀이세요, 선생님?"

수나의 음성이 몇 눈금 통 튀어 올랐다.

"글쎄, 별들이라고 영원히 변하지 않는 것은 아니라는구나. 별들도 그 위치를 바꾼다는 것이야. 비록 그것이 인간으로서는 헤아릴 길이 없는 '영원한 시간'을 필요로 하는 것이지만 말이야."

"아니, 별들이 위치를 바꾸다니, 설마 그럴 리가 있어요, 선생님?"

수나의 음성이 쑥 가라앉았다. 그는 한숨을 푹 내쉬었다.

"하지만 그것이 사실이라는데 난들 어쩌겠나. 우주는 오랜 옛날부터 팽창을 거듭해왔고 또 장차 팽창을 계속해 갈 것이라는구나. 따라서 별들은 보이지 않게 서로 점점 멀어져가고 그리고 또 점점 냉각되며, 모든 물질은 붕괴를 거듭한 끝에 마침내 우주는 아주 보잘것없는, 소립자로 된 차가운 안개로 변하고 말 것이라는구나."

수나는 한동안 숨을 죽이고 듣고 있었다. 내키지 않았으나, 그는 말을 계속 이어나갔다.

"이것은 이미 널리 알려져 있는 사실이라는데, 북두칠성도 원래는 우리가 보는 국자 모양이 아니었다는구나. 일백만 년 전에는 그것이 젓가락처럼 기다란 두 선으로 배열되어 있었다는 것이야. 그러니까 앞으로 일백만 년 후에는 지금보다 더 쭈그러들어 가재처럼 웅크린 모습을 하고 있을지 누가 알겠니? 그렇게 되면, 그때 사람들은……. 그때도 사람이 존재한다면 말이지만……. 북두칠성이 있는 큰곰자리를 가재자리라고 고쳐 부르게 되지 않을지 모르겠다?"

그는 거듭 한숨을 내쉬었다.

"아, 아니에요, 아니에요, 선생님 그럴 리 있겠어요, 선생님. 별들이 자리를 바꾸다니, 어디 말이나 돼요, 선생님. 선생님 그냥 해본 소리지요……?"

수나는 비명을 지르듯 두서없이 그렇게 외치고 있었다.

……이미 다 알고 계시겠지만, 세상에 겸손보다 더 훌륭한 무기는 없는 것입니다. 특히 별을 관측할 때는 이 점을 유념해야 할 것입니다. 하늘이나 별들은 눈으로 볼 수 있는 것 이상의 것을 더 보여주지 않는다는 사실을 명심해야 할 것입니다. 우리는 하늘을 관측할 때 하늘에다 무슨 기대를 걸기 쉬

운데 그러면 돌아오는 것은 실망밖에 없을 것입니다. 사실 별을 관측한다는 것은 우리가 일방적으로 별들과의 대화를 나누기 위해 프러포즈하는 것 아닙니까? 그러니 하늘이나 별들에게 무슨 기대를 걸 것이 아니라 관측하는 우리가 먼저 마음속에 무엇이든 충분히 준비한 다음 별들에게 접근해야만 할 것입니다. 그래야만 하늘이나 별들이 비로소 입을 열고 우리에게 많은 이야기를 속삭여 줄 것입니다.

그렇지 않겠습니까?

탈춤

이태 전이었다. 책으로 엮을 생각으로 송은 오래전 음악 전문지에 연재했던 '명인명창을 찾아서' 인터뷰 원고 정리에 나섰다. 원고 정리 중 통영오광대 인간문화재 부분에서 문득 손이 멈추었다. 어딘가 수정하거나 보완할 데가 있지 않을까, 주저가 되었던 것이다. 송은 오광대보존회 사무국에 연락을 했다. 정중히 자료 도움을 청하자 방문하면 자료를 챙겨 제공하겠다고 했다. 정량동 이순신 장군 공원 내 보존회 사무국을 찾아간 송에게 사무국장은 오광대 대본과 가면 제작도면, 공연 팸플릿 등을 제공했다. 자료를 받아 든 송의 표정이 뜨악한 것으로 여겼던지 사무국장은 그 자료로 부족하면 여기다 한번 연락해, 협조를 구해보라고 친절을 베풀었다. 사무국에서 제공한 자료라는 것이 통상적인 유인물 따위여서 미타한 구석이 많았다. 송은 제공받은 연락처에 전화를 걸었다. 젊은 여자가 받았다. 사정을 말하고 자료 도움을 청하자 여자는 흔쾌히 그리하마고 승낙했다. 찻집에서 만난 여자는 자신의 석

사 논문과 그 논문 집필 때 사용했던 여러 자료들을 내놓았다. 자료 제공에 대한 배려가 있어야 할 것 같아 송이 식사 대접을 제안하자 이마로 흘러내린 머리카락을 손으로 빗어 올리며 여자는 선선히 고개를 끄덕였다. 식사를 마치고 나자 여자는 자기가 단골로 다니는 찻집이 있는데 거기서 차 대접을 하고 싶다고 했다. 지역 화가들의 그림이 즐비하게 벽을 장식하고 있는 유럽풍 찻집 로피아노는 가벼운 클래식 음악이 은은히 흐르고 있었다. 무엇보다 육지를 향해 수줍은 듯 오목하게 파고들어 와 있는 강구안 바다가 창 바로 아래에서 윤슬을 반짝이고 있었다.

그렇게 만난 송과 하 선생은 그 후 또 다른 계기로 만남이 이어졌다.

*

출판사에 원고를 넘기고 좀 무료하게 지낼 무렵, 송은 몇 번 만난 적이 있는 지역신문 기자 김으로부터 전화를 받았다. 김은 인문학 읽기 모임을 만들고 싶은데 송에게 지도를 좀 해줄 수 없겠느냐고 물어왔다. 함께 책 읽는 것쯤이야 심심파적 삼아 마다할 이유가 없었다. 고층 아파트가 군집해 있는 죽림의 한 상가건물 미술학원이 회합 장소라고 했다. 회합 장소인

미술학원을 찾아가 보니 다섯 명이 송을 기다리고 있었다. 그 가운데 하 선생이 송을 쳐다보며 희미하게 웃고 있었다. 송은 내심 적잖이 놀랐다.

송은 그날 평소 그가 품고 있던 좀 생뚱맞은 생각을 풀어놓는 것으로 모임의 첫발을 내디뎠다.

여러분에게 먼저 당부드릴 말씀이 있습니다. 혹시 하던 일이 잘 안될 때나 고민이 생길 때면 종일 바다바래기를 한번 해 보라, 권하고 싶습니다. 왜냐하면 다른 지역의 바다와는 달리 통영 바다는 답을 속삭여줄 것이기 때문입니다.

송의 정수리에 시선을 꽂고 있던 하 선생의 눈이 반짝 빛났다. 눈 가득 궁금증이 피어오르고 있었다.

하루에도 몇 번이나 바닥을 드러내는 서해안의 바다, 늘 철석이며 바위 자락을 뜯어대는 동해안의 바다. 다른 지역의 이런 분주한 바다와는 달리 웅장한 역사의 기억을 품고 넘실거리는 사색적인 통영 바다는 늘 생각의 언저리에서 철석이고 있기 마련입니다. 게다가 등을 돌리면 바로 우뚝 솟은 세병관이 묵시적으로 바다를 바라보고 있습니다. 통영 사람들은 유아기부터 무의식 속에 이 바다와 세병관의 상징이 작동하는 가운데 성장하여, 생각이 많기 마련인 것입니다.

송의 말에 모두 약간 의외라는 반응이었다. 그러나 하 선생의 눈은 송을 태울 듯이 맹렬한 기세로 쏘아보고 있었다.

그래서 통영은 정신과 감성 분야에 종사하는 큰 인물을 배출시킬 최적의 토양을 갖추고 있는 신비한 고장이라는 사실을 통영 분들은 잘 알고 계셔야 한다는 점을 먼저 강조해 두고 싶어 드리는 말씀입니다.

순간 하 선생은 눈을 질끈 감았다. 좌중은 입을 꾹 다물고 조용했다.

다른 고장도 아닌 통영에서 인문학 읽기를 한다, 이 사실은 제게 육중한 무게로 다가왔습니다. 그래서 정신과 감성 분야에 종사하려는 이들을 위한 인문학 읽기에 맞춤한 것이라면 어떤 것들이 있을까 궁리에 궁리를 거듭한 끝에 다음과 같은 목록을 정리해봤습니다.

잠시 뜸을 들인 다음 송은 말을 이어나갔다.

무엇보다 기본을 튼튼히 해야 한다고 생각했습니다. 자기개발서나, 시사 관련 서적 따위도 읽을거리로서는 모자람이 없을지 모르겠지만 우리는 그런 임시방편적이고 변화가 무상한 표피적인 것들보다는 근원적인 것, 수면의 움직임보다는 해저 깊숙이 흐르는 둔중한 해류의 흐름을 먼저 알도록 하는 것이 중요하리라 생각했습니다.

자상한 배려란 언제나 모자라면 모자랐지 지나친 법이 없다. 송의 설명은 자상했다.

세상의 겉 태가 아니라 속 태를 꿰뚫어 알기 위해서는 거기에 합당한 안목을 지녀야만 할 것입니다. 겉 태는 가변적이고 무상합니다. 속 태는 거의 변함이 없습니다. 전쟁과 살육으로 점철된 정치, 경제, 제도라는 것은 늘 무상하고 가변적입니다. 거기에 비해 은은히 인류 정신에 기여해온 아름다움은 항상 같은 속 태를 온축하고 있습니다. 그래서 저는 정치, 경제, 사회, 역사 이런 것들 대신 '미학'에 관한 이해를 우리 인문학 읽기의 시작으로 삼으면 좋겠다고 생각했습니다.

송의 얼굴에 일행의 시선이 집중되었다.

여러분 중에, 정치적 성향 때문에 눈살을 찌푸릴 분이 계실지 모르겠지만, 저는 시사 논객으로 활동하고 있는 좀 별난 인사의 미학 서적을 먼저 읽었으면 합니다. 그리고 도구 사용과 손의 진화과정을 아주 소상히 제시하는 한편, 인류 모둠살이의 기본요건이며 제도의 변천을 더듬어나간 미하일 일리인의 『인간의 역사』를 이어 읽는 것이 좋겠다고 생각했습니다.

송의 말에 귀를 활짝 연 하 선생은 입술을 꾹 다물고 있었다. 다른 멤버들도 진지한 얼굴로 송을 주시하였다.

그리고 송은 그럴 기회가 주어질는지 모르겠으나, 그리스 신화와 철학의 즐거움을 곁들이고 『황금가지』나 『역사의 연구』, 그리고 국내 저서로는 김우창 선생님이나 김상환 교수의 친절한 안내를 따라가며 바탕을 닦고 나면 칸트, 헤겔은 물론 후설, 하이데거, 프랑스 현대철학이나 공맹(孔孟), 노장(老莊)이 품고 있는 웅숭깊은 인류의 지혜도 다 헤아려 알 수 있을 것이라고 말했다.

문화발전이란 감성과 지적 시대 인식의 전환, 즉 인류 정신의 전환에 따른 것이지, 전쟁의 역사, 도구의 역사, 즉 기술발달에 따른 것이 아니라고 저는 믿고 있기 때문에 이런 목록을 작성해 봤습니다. 그런데, 여러분 중에 좋은 의견이 있으면 말씀해주시기 바랍니다. 언제라도 고쳐나가겠습니다.

아무도 입을 열어 말을 보태지 않았다. 송은 첫 모임을 그렇게 마쳤다.

*

인문학 읽기 모임을 한 여남은 번 가진 다음이었을까.

송과 하 선생은 문화회관 부근 조각공원 어름에서 우연히 마주쳤다. 정박 중인 소형 어선 마스트를 오르내리는 갈매기를 흘낏거리며 하릴없이 강구안 해안로를 서성거리던 송이 그냥 산책하기 좋은 남망산공원을 오르던 중 하 선생과 마주친 것이었다.

선생님, 여긴 웬일이세요?

갈 데 없는 사람이 어디 방향을 정하고 다니겠나. 어쩌다 발이 나를 여기까지 데려왔군. 그런데 자네는 여기 어쩐 일인가.

여자 혼자 있는 것이 그닥 좋아 보이지는 않는데?

하 선생은 아직 젊음이 팽팽하여 나이를 어림잡기 힘들었으나 어딘지 사려 깊은 표정이며 침착한 행동이 풋풋함보다는 원숙한 인상을 주었다. 어쩌다 마주칠 때면 생각을 씻어낸 듯 순박한 눈이 초롱초롱 빛났다. 그와 달리 송은 지나온 세월이 온통 하얀 머리카락만 키운 듯 백발성성한 노인네였다.

저기가 옛날 통영오광대 전수회관이었잖아요. 제가 저기서 탈춤을 배웠거든요. 그래서 답답한 일이 있을 때면 가끔 여기로 올라오고는 해요.

하 선생은 조각공원 위 아담한 한옥 건물을 가리키며 말했다.

남망산 남쪽 산자락이 조각공원으로 조성된 후 듬성듬성 조각 작품들이 서거나 앉아 있는 그곳을 오며 가며 그 한옥 건물을 스쳐 지나다니기는 했으나 송은 그것이 옛 통영오광대 전수회관이라는 사실을 까맣게 모르고 지냈다.

그래, 내가 이기숙 선생을 만난 것이 저기였던 모양이지. 그런데 전에는 저렇게 왜소해 보이지 않았는데?

전에는 큰 건물이 드물었잖아요.

아 그래, 그런가!

선생님께서 이기숙 선생님을 인터뷰하셨다고 하셨지요?

그래, 그것이 벌써 40년 전쯤 일이었군. 이기숙 선생이 오광대 원양반역을 했고 탈 제작 기능 보유 인간문화재였거든.

어디 가서, 차라도 한잔 드시겠어요?

이런 좋은 풍광을 두고 무슨 차는. 그냥 공원으로 올라가는 게 좋지 않을까.

그럴까요.

둘은 문화회관을 지나 공원길을 타박타박 올라갔다.

빗질을 한 것처럼 공원의 햇살이 참 고왔다. 햇살을 받은 후박나무잎이 바람에 흔들리며 보석처럼 빛을 뿌리고 있었다. 잔디 기계가 갓 고르고 간 듯 풀 냄새가 확 끼치는 잔디밭을 둘레로 소나무 그늘에 목재 장의자가 띄엄띄엄 빈 채로 앉아 있는 것이 쓸쓸해 보였다. 공원 북단에 충무공 이순신 장군의 동상이 학익진을 펼쳤던 한산도 바다를 마냥 바라보며 서 있고 왼편 거제 쪽에 위치한 소형 정자도 사람 하나 없이 홀로 덩그렇다. 소나무 사이로 강구안 해안로가 어른거리고 건너편 동피랑과 서피랑의 정자가 소나무 위로 머리를 내밀고 있다. 훌쩍 건너 북쪽 산등성이의 북포루 정자가 안개에 감겨 아련하였다.

동상과 대각선 위치에 하릴없이 서 있는 팔각의 소형 정자가 한적해 보였다. 까만 기와를 얹은 목재 팔각 정자를 바라보고 있던 송은 하 선생을 돌아보았다.

저 정자가 한갓져 보이는군.

저기로 갈까요.

말을 마치기 바쁘게 하 선생은 정자를 향해 뚜벅뚜벅 걸어
갔다. 하 선생은 주저 없이 축대 위에 신발을 벗고 정자 계단
을 올라갔다. 송이 그 뒤를 따랐다.

기름을 잘 먹여 마름질한 황갈색 굵은 원목 널빤지 바닥이
튼튼해 보였다. 팔각의 둘레를 따라 마련된 자리가 걸터앉기
에 맞춤하였다. 송은 충무공 이순신 장군 동상 쪽에 앉았다.
하 선생은 거제를 등지고 송의 맞은편에 앉았다.

그런데, 얼굴이 밝지 않군.

송의 물음에 하 선생은 희미하게 미소를 지었다. 잠시 주저
하는 기색이더니 조심스럽게 입을 열었다.

선생님께서 지난번 오광대가 바뀌어야 한다고 말씀하셨잖
아요?

그래, 그랬었지. 나는 오래전부터 오광대가 변해야 한다고
생각해 왔거던. 일백여 년 넘게 똑같은 장단이며 레퍼토리라
니, 그동안 세상이 얼마나 달라졌는데, 그 달라진 세상을 아랑
곳하지 않고 오광대는 맨날 그 타령 아닌가. 지난번에 하 선
생도 그에 동의하지 않나?

그때 선생님 말씀이 벼락처럼 머리를 쳤어요. 그래서 지난
몇 달 동안 저는 머리를 단단히 싸매고 오광대 개선작업에 매
달렸어요.

그래, 고생 많았겠군.

논문 제출 기간도 넘긴 터, 제 딴에는 거기서라도 위안을 받고 싶었던 거죠.

송은 하 선생을 물끄러미 바라보았다. 얼굴빛이 어두운 것으로 보아 걱정을 달고 있는 것 같았다.

이 땅에 탈춤이 들어온 지 수백 년 넘지 않았어요? 기록이 없어 시원을 밝혀 주장할 수는 없다지만, 지역마다 또는 노는 꾼들에 따라 각기 조금씩 다르게 놀아왔더라도 여러 지역에서 성행해왔던 것은 사실이잖아요. 봉산탈춤과 양주별산대놀이가 다르고, 하회탈놀이와 오광대의 연희 방법과 춤사위, 사설이 다 다른 것이 바로 그 증좌 아니겠어요. 그렇다면 탈놀이에 무슨 전통 운운할 것이 있겠어요. 노는 꾼들의 기획에 의해 항상 새롭게 놀 수 있는, 이렇듯 방법이 열려 있는 것이라면 선생님 말씀대로 일백여 년 남짓 같은 사설, 같은 춤사위로 놀아온 통영오광대도 변할 필요가 있겠다 싶었어요.

그것이 순리겠지. 그래서 내가 그런 말을 했지 않나. 탈춤 사설이라는 것이 통상적으로 당대의 지배계층이나 사회적 강자들의 일탈 행위를 매섭게 풍자하거나 독설로 풀어내는 것이 기본인데, 아직도 케케묵은 양반이나 땡추를 가지고 사설을 풀어놓다니, 그래 그게 온당한 것이겠나. 요즘이 어떤 세상인가. 비행기로 태평양 대서양을 훨훨 날아 넘나드는데 탈춤은 아직 가마 타고 다니는 시대에 머물러 있잖나. 한사코 삼각형은 둥글다고 국민을 속이려드는 썩은 정치 모리배들이 널려 있는 세상인데 양반이나 땡추 타령으로 구경꾼 속이 풀리겠어. 탈춤의 존재 이유란 민중의 답답한 속을 확 풀어주는 구실, 그게 본분 아니겠나. 그런데 아직도 조선시대 타령이라니, 그게 당할 일인가.

선생님 말씀, 천번 만번 지당하다마다지요. 그래서 제가 우리 탈놀이 전체를 꼼꼼히 살펴 가며 비교하고 이리저리 바꿔보고 그렇게 오광대 대본을 새로 만들어 봤어요. 춤사위야 통영오광대 배김사위를 따라올 춤사위가 없을 것 같아 그것을 바꾸지는 않았지만.

그래 어떻게 짰는지 궁금하군.

제가 한국 춤을 전공하고 오광대 탈놀이로 잔뼈가 굵었지만, 제 핏속에는 항상 새로운 꿈, 주어진 것에 만족하지 않고, 더 새로운 것을 추구하는, 아침마다 새롭게 태어난다는 통영 바다의 기운이 작동하고 있었던지 어렸을 적부터 욕심이 여간 많지 않았어요. 그런 제게 선생님께서 불을 질러놨으니, 제가 정신을 쏙 빼놓을 수밖에 없었지요.

그래 다른 바다와는 달리 통영 바다는 웅장한 역사의 기억을 품고 아침마다 새롭게 태어나지. 내가 언제 그런 말을 했던가.

아침마다 새롭게 태어나는, 웅장한 역사의 기억을 품고 사색적으로 넘실대는 통영 바다가 위대한 예술가를 키우고 배출했다고 하셨습니다.

그래, 그랬던가. 하기야 나는 늘 그렇게 생각해왔어.

그런 기운의 내적 작용이 없지 않았던지, 선생님께서 제시한 방향으로 작업을 진행하는 동안 순간순간 제가 새로 태어난 듯 얼마나 가슴 벅차올랐는지 몰라요. 세상에 외쳐 자랑하고 싶기도 했어요. 하지만 그것을 검토한 보존회 이사회와 원로 선생님의 반응이라니!

하 선생은 입술을 꽉 깨물었다.

퇴짜를 맞았군.

그렇습니다. 전통은 지키라고 있는 것이지, 아무나 입맛대로 이리저리 바꾸고 변형시킬 수 있는 것이라 생각하면 안 된다고 된통 꾸중을 들었습니다. 전통이란 그럴 가치가 있어 오랜 세월 전래되어 온 것인데 그것을 얄팍한 재주로 고친답시고 건방을 떨다니 당치 않다며 내팽개쳐버렸습니다.

물산과 풍속에 따라 습속이 달라지는 것처럼 놀이라는 것도 영위하는 삶을 반영하여 달라지기 마련일 터인데, 놀이에 전통을 고집하는 것이 온당한 일인지 잘 모르겠군. 전통이란 시대전환에 따른 정서적 변화와 그 감성으로 지은 옷을 새로 더 입혀야 온당하게 발전해 가는 것이라 생각해왔는데, 그래서 한국 춤에 최승희류가 있고 김백봉류가 있지. 가야금에 김윤덕류, 김죽파류, 황병기류가 달리 구분해 전승되고 있는 것도 바로 전통이 화석처럼 굳어지면 안 된다는 예증이라 할 수 있을 터인데. 하기야 전통을 깨는 무기는 보다 새로운 것으로 충만해 있어야 할 터이지만…….

어쨌든 제 분수에는 넘치는 일이었던 모양이에요.

하 선생은 입술을 꽉 깨물었다. 고추잠자리가 하 선생 어깨 위에 살풋 내려앉았다. 어디선가 뱃고동 소리가 들려온 것 같았다. 팔각정 바람은 아주 은은하였다. 이마를 스치고 가는 바람 기운이 기연가미연가하였다. 하 선생은 막막한 표정을 짓고 있을 뿐 한동안 말이 없었다.

그래 안타깝게 됐군. 아무래도 내가 위로의 자리를 마련해야겠군.

위로의 자리는 뭘요. 제가 선생님으로부터 새로운 계시를 여쭙는 자리가 되어야겠지요.

어쨌든 일단 로피아노로 옮길까.

*

로피아노는 늘 자리가 편안했다. 볼 때마다 마음에 달려와 출렁이는 창밖의 낯익은 풍경도 아름다웠다. 찻잔이 반쯤 빌

때까지 무슨 말을 해야 위로가 되는지 막막했다. 실패를 딛고 새로 일어서야 할 때 무슨 말이 위안이 되거나 용기를 갖게 할까. 가끔 창밖만 기웃거리던 송은 망설임이 너무 길었던 것 같아 무작정 일단 입을 열었다.

이런 말이 도움이 될는지 모르겠지만, 나는 출구가 보이지 않을 때는 일단 판단 정지에 들어가고는 했어. 지금까지 가지고 있던 모든 것을 다 훌훌 털어버렸지.

잠깐 눈을 반짝이던 하 선생은 희미하게 고개를 저었다.

그러나 송은 자신이 거쳐 온 여러 고비며 힘든 과정들이 그냥 닥칠 때마다 막막하고 아득할 뿐 아무런 답을 구하지 못해 어쩔 바를 모르고 전전긍긍했을 뿐이었다. 매번 그 대처는 미흡했고, 좀 더 잘할 수 있었는데 하는 아쉬움에 늘 살을 떨고는 했다. 그러나 그렇듯 난감하고 아득하기만 하던 그 모든 시련들이, 종당에는 망각의 조각배에 실려 그가 알 수 없는 곳으로 마냥 흘러가 버려 다행이라 여기고는 했었다. 종명의 나이 어름에 와 있는 송은 이제 여생을 잘 마무리하면 되었다. 그러나 송의 나이가 되려면 아직도 어떤 우여곡절로 아로새겨질는지 모를 아득한 연륜을 쌓아나가야 할 하 선생으로서는 거듭 새로운 난제들과 만나게 될 것이었다. 사람마다 개별적으로 닥치기 마련인 각기 다른 삶에 관한 한 어떤 조언도 당치 않다는 것을 송은 일찌감치 체득했었다. 그래서 막연히,

그냥 가진 것을 다 내려놓아라, 새로 시작해라, 그렇게 하나 마나 한 소리를 할 수밖에 없었다.

다시 시작하라, 그 말씀이군요?

그럴 수밖에 없지 않을까?

칠 년 남짓 학위논문에 시달리다 풀이 죽어 있을 무렵, 선생님 말씀이 저를 구원하는 줄 알았는데, 퇴짜를 맞고 말다니. 어쨌든 선생님은 학위도 하셨잖아요? 그때 애먹지 않으셨어요?

하지만 나는 얼렁뚱땅 해치운 것이었는걸.

아무렴, 매서운 심사과정을 거쳤을 텐데, 얼렁뚱땅이 통했을 리 있나요.

하기야 나도 여러 차례 판단 정지와 새로 시작하는 과정을 거치기는 했었군. 그래서 요령을 피운 것이, 다른 사람이 연구하지 않은 분야, 나만 할 수 있는 분야가 무엇일까 궁리했지. 다른 이의 선행 연구가 없는 나만의 것으로 하자고.

선행 연구가 없는 것, 오로지 선생님만 할 수 있는 것? 그런 걸 찾을 수 있었나요?

평소 나는 춘향전, 심청전, 흥부전 같은 우리 전통 서사가 제대로 계승되고 있지 않은 사실을 서운하게 생각해 왔거던. 그래서 그런 전통 서사물을 현대 예술과 접목시켜볼 수는 없는 것일까, 고민해오기도 했고. 그래서 궁리 끝에 '전통미학과 상상력의 창작적 변형연구'라는 제목으로, 얼렁뚱땅 꾸려 냈지.

하 선생의 눈이 반짝 빛났다. 입술을 꾹 다물며 고개를 끄덕였다. 머릿속에 여러 생각이 갈마드는지 눈에 바람 같은 기운이 지나가고 있었다.

선생님께서는 저보다 두 배는 더 사셨잖아요. 많은 경험이 축적되어 있을 것인데, 그것을 다 들을 수는 없을 거고, 혹시 제게 도움 될 만한 것이 없을까요?

송은 하 선생을 물끄러미 바라보았다. 하 선생의 표정이 어찌나 진지했던지 생각을 가다듬지 않을 수 없었다.

내 경험 중에 어디 도움 될 만한 것이 있을까. 나는 국민소득 일백 불 시대 사람이고 하 선생은 삼만 몇천 불 시대 사람 아닌가. 우리 때 고민이 한 가지였다면 요즘 사람들 고민은 그 삼백 배가 넘을 터이지. 우리 때는 단순했어. 배만 곯지 않으면 만사 오케이였어. 라면도 없을 때였으니까. 하지만 요즘이야 어디 그런가. 맛이라는 것이 먼저 혀를 만족시켜야만 하지. 어떤 까탈스런 혀도 만족시킬 수 있는 요리 기법이 널리 퍼져 있고 풍요를 한껏 누리고 살지 않나. 우리 때는 사랑이라는 것도 일종의 사치에 지나지 않았어. 오로지 자식 두는 것에만 신경을 썼지. 그리고 사지만 멀쩡하면 됐지 어디 요즘처럼 건강 챙기고 마음 호강시키기 위한 헬스장이나 여행 같은 것들은 꿈이나 꿨어야지. 그러니까, 우리 때 고민이 한 가지였다면 요즘 사람들한테는 그 고민이라는 것이 한 삼백여 가지가 되고도 남을 터인데 내 경험이 무슨 도움이 되겠나.

세목으로 나누다 보면 그렇게 복잡해 보이겠지만 큰 틀로 묶어보면 그때나 지금이나 그 고민의 카테고리 숫자는 비슷하지 않을까요?

음식도 가짓수가 늘었고, 즐기는 수단 역시 엄청 많이 생겼고, 기계 덕분에 활용할 수 있는 시간도 늘어났지만, 수천수만 갈래로 늘어난 고민들의 그 근본은 달라지지 않았다, 그 말인가?

그렇지 않을까요?

그렇기야, 그럴 것 같기도 하군. 그럼 보자. 이게 도움이 될는지 모르겠지만, 내가 어쩌다 대학생이 됐을 때, 대학신문 신입생 작품란에 '동상과의 대화'라는 글을 게재했어. 작은 제목으로 '나를 건축하는 마음'이라 붙였었고. 그때 '마음'으로 해야 할지, '설계'로 해야 할지 망설였던 것이 지금도 생생히 기억나는군.

대학본부 건물에서 중앙도서관으로 올라가는 길목에 4·19 의거 기념탑과 학원 설립자의 동상이 위아래로 서 있었다. 그 동상에서 감을 잡아 몇 자 끼적거려 본 것이었다.

'나를 건축하는 마음'이라, 선생님께서는 원래 좀 별난 분이

셨군요.

글쎄. 어쨌든 그때 장차 내가 어떻게 삶을 꾸려나갈 것인지, 그 청사진을 한번 대충 그려본 셈이지. 집 지을 터를 어떻게 닦을 것인지. 주춧돌은 어떻게 다듬어 든든히 놓을 것인지. 기둥은 또 어디서 구해 올 것인지, 그리고 그것을 어떻게 세워야 지붕을 잘 떠받칠 수 있을 것인지. 그리고 무엇보다 그 건축물이 시간과 어떻게 싸워나갈 수 있을 것인지, 시간과 싸워나간다는 것은 또 얼마나 혹독한 시련인지. 고민이 많았어.

그러니까 선생님께서 그 청사진에 의해 오늘에 이르셨다, 그 말씀이군요?

송은 쓸쓸한 얼굴로 희미하게 고개를 끄덕였다.

그래 무엇보다 평생, 기초를 튼튼히 해야 한다고 늘 자신에게 다그치고는 했었군.

하 선생은 송의 말을 속으로 따져 뒤적이고 있는 듯 생각에 잠겨 있는 기색이었다. 그런 하 선생을 방해하지 않으려는 배려로 송은 계속 이어가려던 뒷이야기를 지그시 속으로 삼키고 말았다. 그가 지나온 세월의 여러 잔가지 끝에 걸려 있는 실패담 가운데 몇 가지 쓸쓸한 기억을 들려주면 하 선생이 기운을 북돋는 데 도움이 되지 않을까 잠시 생각했으나 그만 입을 다물었다. 하기야 지금 돌이켜봐도 쓴웃음이 절로 나왔다.

신춘문예 가작 입선 때의 일이었다. 심사위원 선생님께서 보자고 하신다며 직장 상사가 송을 데리고 신당동 선생님 댁으로 갔다. 먼저 온 손님들이 방을 가득 채우고 있었다. 신문에서 사진을 자주 볼 수 있는 유명 인사들이었다. 직장 상사도 그 레벨의 인사였다. 유명 인사들과 수인사를 나눈 직장 상사가 심사위원 선생님에게 공손히 안부 인사를 올리는 것을 보며 송은 선 채로 주뻣거리다 꾸벅 고개를 숙여 인사를 드렸다. 직장 상사가 자리를 잡고 앉자 송은 그의 등 뒤에 바짝 붙어 앉았다.

와 이름을 바꾸노? 내가 고등학교 때부터 아는데. 이름만 안 바꿨으면 당선시켰다. 기발한 기 눈을 끌었지만, 어쩌다 한 편 쓰고 마는 학생 아닐까 걱정돼서 안정적인 작품을 대신 고른다고 골랐는데, 원 참.

선생님의 일갈에 좌중 유명 인사들의 시선이 일제히 송에게로 쏠렸다. 고3 때였다. 『세대』 창간 일주년 기념작품 모집에 송은 '이래서 돌은 아래로 떨어진다' 즉, '다른 이유 따지지 마라. 오로지 돌은 무거워서 아래로 떨어진 것일 뿐'이라는 매우 자조적이며 풍자적인 작품을 투고했었고, 마지막 두 작품이 겨룬 끝에 홍성원 선생의 '기관차와 송아지'에게 당선의 자리를 내주고 낙선의 고배를 들었었다. 그때 선생님과 안수길 선생님이 그 심사를 맡았었다. 그 일을 기억하고 있는 모양이었다.

그러나 신춘문예의 경우, 다른 심사위원이 기명으로 쓴 심사평에 송은 내심 만족하고 있었다. 스물 몇 행의 긴 심사평 가운데 당선작에 관한 것은 여섯 줄인가에 그쳤다. 나머지는 송의 가작에 관한, 독특한 상징조작으로 시대상황을 알레고리 해낸 솜씨에 관한 칭찬 일색이었다. 당선의 자리가 하나인 것이 아쉽다고도 했다. 게다가 화보 중심의 한 뉴스매체에서 그해 신춘문예 당선자를 초대하여 좌담회를 열었는데, 당선자를 재치고 가작 입선한 송이 초대받기도 했었다. 그리고 시상식이 끝난 후, 부름을 받고 신문사로 찾아간 송에게 신춘문예 담당기자가 '이대로는 아까우니 다른 데 한 번 더 투고해 보라'며 원고를 내주어 얼마나 얼떨떨했는지 몰랐다.

작품 가온나. 『한국문학』에 하자 마.

선생님의 말에 좌중 유명 인사들의 눈이 휘둥그레졌다. 송은 가타부타 말없이 앉아 있다 슬그머니 그 자리를 물러 나왔다. 작품을 가져오라니, 천금 같은 기회로 여길 만했다. 그러나 치열한 경쟁을 치르는 신춘문예의 매력에 송은 쏙 빠져 있었다. 송은 선생님 말씀을 그냥 먼산바라기 하듯 스쳐 지나치고 말았다.

그런 느닷없는 일이 그때 겹쳐 찾아왔다.

송은 뜬금없이 당시 가장 영향력 있다는 문예지 주간 선생님의 부름을 받았다. 신문사에서 돌려받은 작품을 들고 관철

동 사무실로 찾아간 송을 주간 선생님이 환히 웃으며 반색했다. 원고를 읽고 곧 연락하마더니, 한 편을 더 써 오라고 했다. 다시 한 편을 더 써 가지고 갔더니, 그것을 검토하고 나서 또 한 편을 더 써 오라고 했다. 세 번째 작품을 보고 나더니 흡족한 얼굴로, 제1회 신인작품 당선작으로 손색이 없겠다고 했다. 그렇지만 끝부분을 이리저리 손질하면 어떻겠느냐며 함께 사무실을 나와 계단 아래까지 송을 배웅해주었다.

전국대학 휴교령이 내린 희망 부재의 시국에 두 등장 대학생에게 몸의 사랑을 시키라니, 당치 않은 일 같았다. 며칠 고민을 거듭하던 끝에 송은 그동안 제출했던 작품 세 편을 모두 찾아오고 말았다. 천만다행, 주간 선생님은 부재중이었다. 편집장은 뜨악한 표정으로 원고를 챙겨 돌려주며 '어떤 유명 인사도 앉은 자리에서 손이나 흔들며 배웅하던 주간님이 작품을 어떻게 썼길래 송형을 계단 아래까지 배웅하고 왔는지, 원' 하고 고개를 저었다. 그것을 마지막으로, 송은 주간 선생님과 대면하는 일 없이 그럭저럭 지냈다.

그런데 그로부터 20년이 지난 무렵 송은 동인 활동을 함께한 지우의 강권으로 뜻하지 않게 평창동 그 주간 선생님 댁을 방문하는 사단을 내고 말았다. 인사를 마치고 나서 이런저런 담소 중에 주간 선생님이 자리에서 일어났다. 서재로 나가는 기척이더니 곧 16절지를 들고 방으로 돌아왔다. 그 16절지를 송에게 내밀며 '여기 방명록에 몇 자 남기게' 하였다. 얼결에 종이를 받아 든 송은 눈앞이 아득하고 캄캄했다. 문장이라면 당대 최고라는 평판을 달고 사는 주간 선생님 앞에 감히 어떤 것을 문장이랍시고 함부로 내놓을 수 있겠는가. 속으로 진땀을 흘리던 송은 마지못해 '어깨 위의 무거운 짐 끝까지 지고 가겠습니다.'라고 끼적거린 다음 그 아래 날짜와 자신의 이름을 남겼다. 그날 그 댁을 나오며 송은 입술을 얼마나 피가 나도록 깨물었는지 모른다. 내가 그토록 한심하고 요령부득한 놈이었단 말인가. 선생님의 저서에 관한 아부의 말은 아니라 할지라도 그래, 20년 전의 그 결례에 대한 사죄의 말쯤은 남겼어야 경우에 맞는 것 아니겠는가. 그런데 얼토당토않게 뭐어깨 위의 무거운 짐, 송은 자신이 죽이고 싶도록 미웠다. 얼마나 많은 문단이나 사회 저명인사들이 선생님의 눈에 들지 못해 아등바등하는가. 그 그늘에서 음으로 양으로 도움을 받으며 활동하는 것으로 짐작되는 인사들의 면면이 눈앞을 스쳐 지나갔다. 그래 모처럼 찾아온 기회를 자신의 발로 차 던지고 만 셈이었다. 송은 그 댁을 나온 후 그렇듯 후회로 가슴을 쳤다. 그러나 그로부터 또 30여 년이 흐른 요즘 그때를 돌이켜보며 송은 남몰래 속으로 빙그레 미소 짓고는 했다. 그래, 가난을 마다하지 않고 아무도 알아주지 않은 것을 작품이랍시고 붙들고 한평생을 버텨온 이 바보 같은 놈이 남길 수 있는 문장이 따로 무엇이 더 있을 수 있었겠는가. 어깨 위의 무거운 짐을 버리지 않고 끝까지 지고 가겠다는 바보 같은 놈의 각오를 솔직하게 끼적거린 것에 지나지 않았던 것이다.

송은 당시의 일이 늘 겸연쩍고 부끄러웠다. 그래 이런 실패 담이 하 선생의 기운을 북돋는 데 무슨 도움이 되겠는가. 역시 입을 다무는 쪽이 지혜로울 것 같아 입을 꾹 다물었다. 그럼에도 불구하고 그 이야기를 마저 하지 못해 입이 근질거리기는 했다.

*

저 잠깐 다녀와도 될까요? 오 분도 안 걸려요.

송은 미소를 띤 채 고개를 끄덕였다.

다녀온 하 선생은 손가락 빗질로 머리를 빗어 올리며 자리에 앉았다.

흡연실에서 담배 한 대 얻어 피웠어요.

하 선생 없는 사이, 하 선생 갈증을 시원히 풀어줄 수 있는 무슨 묘안이 없을까 잠시 궁리를 해봤군. 그래. 새로우려면 아주 철저히 새로워야 하겠지. 옛날 양반이나 땡추 행태를 대신한답시고 요새 세상을 온통 진탕으로 더럽히고 있는 정치 모리배 행태 정도를 그려봐야 거기가 거기 아니겠어. 삼각형이 둥글다고 국민을 기만하며 역사를 비틀어 당치않은 인물의 흉상을 세우고 남쪽 동포의 괴멸을 부추긴 가증스런 자의 기념관이며 공원을 조성하는 이른바 민주투사들의 작태며 목청 껏 죽창가를 외쳐 부르는 자칭 열혈 애국자들, 지은 죄가 50년 형은 받고도 남을 것이라는 범죄자의 실토 앞에서 그럼 마음껏 증거를 인멸해 보라는 듯 장문의 변명과 함께 영장 기각이라는 사법(司法) 정의에 칼을 내리꽂는 희대의 해프닝을 연출한 수상한 판사 따위, 이런 것들 아무리 실감 넘치게 독설을 빌려 풍자해봐야 그것으로 어떤 구경꾼 속을 제대로 확 풀어줄 수 있겠어.

하 선생은 송의 다음 말을 기다린다는 듯 입술을 달싹거리다 말았다.

세상에서 책이란 책을 다 태워 역사를 흔적 없이 지워버린 다음이라면 모르려니와 이런 대명천지, 웬만한 국민 대부분 대학물을 먹은 터, 그런 걸로는 별로 흥미를 끌지 못할걸.

당대의 것은 곧 역사의 뒤안으로 사라질 소소한 것들인데 제가 그런 것을 붙들고 공연한 씨름을 했다, 그런 지적이군요.

그런 셈이라고나 할까. 어쨌든 당대의 분노를 뛰어넘어라. 그렇게 말해주고 싶군.

전에 선생님께서, '엄혹한 민주화 시대'에 노래나 부르는 자들 이야기가 당하냐고 핀잔을 들을 때, 그래 노래나 부르는 자들 이야기가 끝내는 이길 것이라고 혼자 속으로 웃고 말았었다고 하셨지요. 그런 말씀인가요?

쓸데없는 이야기를 다 기억하고 있군. 그래 그 비슷한 말이라고 할 수도 있겠군.

가짜들은 오래가지 못해. 왜 예술이 그런 데 봉사해야 하겠어.

그럼 제가 어떻게 하면 좋을까요?

하 선생이 나갈 때 어깨가 축 처진 뒤태가 안돼 보이더군. 그래서 생각해봤는데, 아무래도 하 선생은 천년왕국 쪽에서 길을 찾아야 할 것 같아.

천년왕국이라면?

이 척박한 세상에 갈망의 대상이 되는 천년왕국을 하 선생이 그럴싸하게 보여주면 되지 않을까, 그런 생각을 잠시 해봤어. 하 선생이 아무리 지혜를 짜내 잘 꾸려낸다 한들 그리스 철인들이나 노장을 이길 수는 없을 것이지만, 그래도 일단 꿈은 꿔봐야 하지 않을까. 하 선생. 만하임을 읽지 않았나?

선생님께서 이 시대의 속 켜를 더듬어 소상히 알고 싶으면 반드시 막스 베버와 칼 만하임을 읽어야 한다고 하셨잖아요.

그래. 자네, 이번 오광대 사설에 이 땅의 천년왕국의 비전을 그려나가게.

천년왕국이라면 중세 독일을 발칵 뒤집어놓았다는 그 토마스 뮌처라는 농민 혁명 전쟁 지도자 말씀 아닌가요?

맞아. 뮌처의 지상에서의 천년왕국과, 야훼를 통한 하늘을 약속한 루터의 유사점과 차이점을 먼저 사려 깊게 살펴봐야 하겠지. 어쨌든 하늘을 약속한 종교는 크게 성공한 것이 여럿 있지만 눈앞의 지상에서의 성공을 장담하는 예언자는 성공한 예가 드물잖아.

선생님 말씀은 그러니까, 통영오광대 사설에 반드시 성공한 천년왕국을 그려 나가라, 그 말씀 아닌가요?

그래. 새로우려면 그 정도는 되어야 하지 않을까.

선생님께서 전에 그러셨잖아요. 희대의 천년왕국 성공을 장담한 대표적인 예언자는 마르크스였다고?

그랬지. 마르크스야말로 프랑스 혁명과 뮌처와 루터의 젖을 먹고 성장한 예언자였지. 하지만 결국 마르크스는 실패하고 말았잖아. 요즘 그는 하늘에서 자신의 예언이 실패한 원인을 이리저리 따지며 통분해 가슴을 치고 있을걸. 한때 레닌이나 스탈린, 모택동, 카스트로 같은 하수인에 의해 수백, 수천만 인민의 피를 제단에 바치며 이 지구상에 천년왕국의 실현을 바로 눈앞에 둔 듯 기고만장했었지. 하지만 그의 지상에서의 천년왕국은 처음부터 실패가 예정되어 있었어. 꿈이란 어디까지나 꿈에 그치는 것이지, 눈앞에 현현하는 것은 아니거든. 그래서 종교는 눈으로 볼 수 없는 하늘을 약속하잖아. 그러니까 하 선생은 뮌처와 마르크스의 지상에서의 천년왕국 실현의 실패를 교훈 삼아 반드시 성공적인 표본을 만들어 제시해보란 말일세. 그러면 비로소 세상이 깜짝 놀라 감동할 것 아니겠나. 하 선생은 이 땅에 반드시 성공 가능한 천년왕국을 확실하게 설계해 오광대 사설을 통해 인류 앞에 제시해보라, 그런 말일세.

그러니까, 저더러 예언자가 되어라, 그 말씀이군요?

그럼. 예언자가 뭐 별건가. 그냥 선행주자인 셈이지. 남보다 좀 더 빨리 또는 일찍 앞날을 내다본다, 그런 정도인 것이지. 하지만 이 점은 명심하게. 예언이란 명제를 크게 내세울수록 성공 확률이 높다는 점을.『정감록』,『동경대전』,『삼일신고』 이런 정도로는 안 돼. 전봉준 같은 열혈인사가 백천 출현한다 해도 아무 소용없어.

*

계절이 바뀌어 찬바람이 살랑살랑 불어올 무렵 하 선생에게서 연락이 왔다. 송은 빙그레 미소 지었다. 지난 몇 달 사이 작품을 다 꾸려낸 모양이군, 그런 짐작을 굴리며 집을 나섰다.

강구안이 내다보이는 로피아노 창가에 하 선생은 먼저 와 있었다. 기대했던 것과 달리 얼굴색이 어두웠다. 작품을 마무리했으면 거기 따른 자부의 기운이 얼굴에 자신감으로 가득 피어올라 있어야 마땅했다. 그러나 도리어 풀 죽은 표정이었다. 작품과 관련된 것이 아닌, 무슨 신변에 불상사라도 생긴 것인가. 하지만 신변의 일로 하 선생이 송을 보자고 할 만큼 둘은 스스럼없는 사이가 아니었다. 경우 따지고 예의 차리고 또 무엇보다 체면 같은 것에 구애받아야 할 좀 불편한 사이였다.

여러 짐작을 오고 가며 송은 입을 닫고 차를 주문하고 그것을 마시고 가끔 강구안에 정박된 판옥선 마스트에 앉아 있다 훌훌 날아가는 갈매기를 바라보기도 했다.

선생님께서 제게 너무 벅찬 과제를 안기셨나 봐요.

찻잔이 거의 비어갈 즈음 하 선생이 비로소 고개를 들고 송을 정면으로 쳐다보았다. 잠시 뜸을 들인 다음 송은 빙그레 미소 지었다.

지난 몇 달 동안 하 선생이 골머리를 싸매고 끙끙거린 끝에 작품을 마친 모양이라고 기대를 갖고 나왔는데, 내가 벅찬 과제를 안겼다니?

작품을 마치기는요. 늘 같은 자리에서 붓방아만 찧고 있었는걸요.

그래. 고민이라는 것을 옆구리에 끼고 지냈군. 문제 해결 접근에 스스로 장막을 치고 있었던 것 아닌가. 무엇이든 쉽게 생각해야 한다고 그렇게 당부했건만, 문제 접근에 장막을 치고 있었군. 우리가 마우리츠 C. 에셔를 논하지 않았나 계절의 순환이며 나고 죽고, 나고 죽고, 나고 죽는 인간의 무한반복. 출발 지점이 곧 도착 지점이고 도착했다 싶으면 목표 지점이라는 것은 또 저 멀리 아득히 멀어져 있는 그런 무한반복의 과정에 갇혀 있는 것을 에셔는 실감나게 그려 보이지 않았나.

아무리 다 채웠다고 생각해도 인생이란 또 채울 데가 남아 있다고도 하셨지요. 조금의 오차도 없이 수량화, 계량화된 것도 나머지를 갖고 있는 것이 정상이고, 초과학적 세계의 완전성도 극명하게 접근하고 분석하면 불완전한 데가 드러나기 마련이라고.

그렇지. 인류의 발자취를 밝혀나간 여러 연구자들의 최종 결론은, 매사 허탈함이로다, 였어. 전력을 쏟아 연구 성과물을 내놓으면 자기 능력 밖의 어떤 잉여 영역이 빤히 내려다보며 조롱하고 있는 것 같아 소름 끼친다고. 우리 능력이란 한계가 빤해. 결국 우리는 무한반복을 인정하지 않고서는 인간 만사 긍정적으로 바라볼 수 있는 것이 하나 없는 것이라고.

천년왕국이나 종교도 선행하는 다른 무엇으로부터 빌려오지 않고서는 성립 불가능한 관념이라는 말씀인가요.

그래. 그래서 내가 그랬지. 작업할 때 어디서 빌릴 만한 것이 눈에 띄면 망설일 것 없이 그냥 빌려다 쓰라고. 훗날 탈 좀 나면 어때. 요즘 바야흐로 포스트모던 종착시대잖아. 어떤 비난도 패러디다, 패스티시다, 오마주다 적당히 둘러대면 다 입 다물고 쑥 들어가게 되어 있어.

종교나 천년왕국도 저에게는 벅찼지만, 마르크스라니 너무 까마득했는걸요.

내가 그러지 않았나. 천년왕국이나 종교는 물론 마르크스도 관념적 대상으로 삼지 말라고. 인물, 사건, 사례를 통해 사실적으로 접근해야 한다고 얼마나 강조했나. 마르크스나 사르트르도 마찬가지지. 관념으로 뭉친 『자본론』이나 『존재와 무』 같은 것이 무슨 실체가 있나. 실체가 없으니 어디 손에 잡히는 것이 하나 있기라도 하나. 종국에는 어차피 인류로부터 폐기 처분될 그런 관념으로 화석화된 예언서 따위에 왜 신경을 써야 하는데. 그들의 생각을 알아내기 위해 그들이 살아 낸 세상을 들여다보면, 그런 책들에 점잖게 양반다리를 하고 앉아 있는 관념 따위와는 상관없는 실체가 보이는 것인데. 그럼 그 실체를 요리조리 더듬고 훑고 하다 보면 구체적 사실이 결국 드러나게 되고 마는 것인데.

하 선생은 고개를 절레절레 저었다.

『자본론』에서 묵시록적 예언을 찾아내기 위해 눈을 부릅뜨는 마르크스주의자들이나 맹신도들이 아니라, 그 예언의 허구를 밝혀내려는 연구자들은 한결같이 그 인생 역정과 저서들을 병행 연구한다고 귀띔하지 않았나.

하 선생은 물끄러미 송을 쳐다보았다.

마르크스는 허구야. 그의 예언이 실패한 까닭이 무엇인데. 불확실한 자료에 의한 예언이 맞을 리 있나. 그가 『자본론』 집필에 사용한 자료는 이전, 수십 년 묵어 관공서 창고에 처박혀 있던 청서(靑書)들이었다 하지 않나.

마르크스주의자들 들으면 선생님, 칼 맞겠어요.

내가 못 할 말 했나. 『자본론』에서 다루고 있는 당시 영국 노동현장에서 마르크스는 그가 보고 싶은 것만, 자신의 예언에 필요한 것만 봤다는 사실은 이제 알 만한 사람은 다 아는 널리 알려진 사실 아냐. 내가 오늘 하 선생한테 이런 말을 하는 것은 하 선생이 좀 더 과감하게 작업에 임했으면 하는 바람 때문일 뿐이야.

전에도 선생님께서 말씀하셨어요. 마르크스는 실패한 예언자라고. 하지만 아직도 그를 신봉하는 이들이 세상에 쌔고 쌨잖아요. 선생님이 도리어 소수파에 속할걸요.

내가 다수파든 소수파든 그건 상관없어. 하 선생 작업에 필요하다면 더한 사실도 내가 파헤쳐낼 걸세.

원 참 선생님도.

그래, 내가 마르크스가 표절의 귀재였다는 사실을 언제 말한 적이 있었는지 모르겠군.

전에 프랑크푸르트학파의 책을 읽다가 베르톨트 브레히트가 다른 사람의 아이디어나 주제를 훔쳐다 새로 꾸며 자기 것으로 만든 능란한 수선공이었다는 사실을 읽고 놀란 적이 있지만 마르크스가 표절의 귀재였다니, 처음 듣는 말인걸요.

연극하는 사람들 가운데 브레히트의 수선공 능력에 감탄과 더불어 안도하는 걸 본 적이 있는데, 자네도 그것을 봤었군.

그런 불세출의 천재가 남의 것을 훔쳐다 자기 것으로 만든 사실에 놀라기는 했지만, 저는『억척어멈과 그 아들들』,『서푼짜리 오페라』에 기가 죽어 다른 생각은 못 해 봤는걸요.

산업혁명 직후 영국 노동현장이 어디 볼 만한 데가 있었겠나. 입고 먹고 하는 것 하나도 온전한 것이 없어 헐벗고 굶주리지 않았겠어. 그래도 공장주들이야 노동자들에 비하면 윤택한 생활을 누렸겠지. 열악한 노동조건에 고통을 겪고 있는 노동자들에 관한 국가적 공공 안전 제도는 아직 마련되기 전이었고, 산업현장에 대한 국가 간섭 같은 제도도 없을 때였지. 그런 노동현장을 중심으로 마르크스는 헤겔의 역사발전의 공식인 변증법적 시대 변천상황을 자기 나름대로 연결하고 해석하여, 거기서 예견되는 미래의 모습을 그려본 것에 지나지 않았어.

어쨌든 마르크스는 영국 산업 현장이라는 텍스트라도 있었잖아요. 그런데 저는 그런 구체적인 텍스트 하나 없는걸요.

왜 없어. 눈만 돌리면 그냥 세상천지에 널려 있는데. 보지 않으려고 해서 그렇지 보려고만 들면 맞춤한 텍스트는 쎄고 쌨어. 그리고 필요하면 남의 것을 거침없이 가져다 쓰라고 했잖아. 신경 쓸 것 없어. 예를 들어볼까. 19세기, 세계를 광기의 회오리바람 속으로 휘몰아 넣으며 현란한 광채를 뿌린 대표적 팸플릿이 무엇이었을까. 그것은 다름 아닌 『공산당선언』이었어. 특히 그 유명한 끝 구절이 세상을 온통 뒤집어 놓았지. '노동자는 쇠사슬밖에 잃을 것이 없다. 그들에게는 획득해야 할 세계가 있다. 만국의 노동자여, 단결하라!' 이 마지막 세 문장에 경탄하지 않은 사람이 없었지. 이런 세상의 반응에 마르크스의 심장이 얼마나 뜨겁게 벅차올랐을까. 그런데 '노동자에게는 국가가 없다', '프롤레타리아에게는 쇠사슬밖에 잃을 것이 없다'라는 이 구호가 마르크스가 처음으로 지어낸 독창적인 그의 명제였을까. 아니었어. 혁명을 하다 참혹하게 피살당한 프랑스 혁명가 장 폴 마라가 외친 명제였어. 그리고 '만국의 노동자여 단결하라!'는 구호는 카를 샤퍼가 지어낸 것을 마르크스가 표절해 쓴 것이었고.

하 선생은 묵묵히 고개를 주억거렸다.

변증법적으로 시대 변화 및 발전을 예견한 마르크스는 그 시각에 맞춰 이론을 세워나갔을 뿐이었지. 그리고 집필의 고비마다 남의 것을 주저 없이 빌려다 썼었고. 그의 저작물은 대부분 그 혼자만의 독창적인 저작물이라고 하기에는 결함이 많은 것이라 하더군. 프랑스 혁명 후 노동계급의 부상과 귀족의 몰락, 봉건주의 시대의 종막, 자본주의 대두 등 이런 시대 변화는 당시 누구나 예측 가능한 것이었어. 다만 그가 남보다 좀 먼저 주장한 것뿐이었지. 그런데 그 무렵 차르의 폭정에 반기를 들고 유럽으로 도망쳐 와 있던 러시아 망명객들에게는 구원의 메시지처럼 받아들여졌다지. 그들 추종세력이 주축이 되어 마르크스의 예언을 프랑스, 독일, 영국에 널리 전파해 그 추종자들이 급속히 늘어났고, 바로 그 중심에 바쿠닌이며 플레하노프, 레닌이 있었던 것이지. 하지만 마르크스 당사자는 자신의 예언서가 그토록 대대적인 성공을 거두리라고는 생각지 못했다대.

예, 선생님. 이제 선생님 말씀 좀 알아들을 것 같기는 해요.

송은 하 선생을 바라보며 슬며시 미소를 지었다.

*

그 후, 한동안 하 선생으로부터 연락이 없었다. 작업 때문에 다른 겨를 없을 것이려니 짐작하며, 무심코 지났다. 그러던 어느 날 드디어 전화가 왔다.

선생님 저는 아무래도 안 될 것 같아요. 하지만 일단 선생님 말씀대로 지상의 낙원을 약속한 자와 하늘의 낙원을 약속한 자를 서로 비교해 가며 고민해 보기는 했어요. 예컨대 마르크스의 지상에서의 구원과 여러 종교의 하늘에서의 구원을 그림자처럼 배경에 두고 정치꾼들의 구원의 약속을 중심으로 고민해 봤어요.

그래, 그림이 나올 것 같군.

하지만 이념이라는 것이 제 발목을 잡아 한 발도 앞으로 나갈 수가 없어요. 마르크스의 이념이라니. 레닌, 스탈린, 모택동 등을 하수인으로 수백수천만 인민을 살해한 인류의 포악한 살상 무기인 이념을 아름답게 치장해 천년왕국 약속의 바탕으로 꾸려나가려니, 아무래도 저는 안 되겠어요. 저는 앞으로 제 수준에 맞는 작업을 찾아봐야 할 것 같아요.

하 선생은 마치 기어들어 가는 목소리로 말끝을 제대로 맺지 못했다.

그래. 내가 공연히 하 선생을 고생시킨 모양이군. 하 선생이 그렇다면 어쩔 수 없지. 하지만 또 생각이 달라지면 다시 연락하시게. 내가 도울 점이 없나 깊이 고민해 볼 테니.

송은 한동안 전화기를 내려놓지 못했다.

달�걀 벗기기

5년 만의 서울 나들이 때 사 온 『젊은작가상 수상작품집』을 뒤적이며, 초파리 양육실험실 아르바이트를 하던 중 첨단 의료과학 기술에 감탄하기도, 초파리에 홀려 남몰래 집으로 가져다 돌보며 하늘을 쳐다보거나 걷거나 밥을 먹기도 하던 그 동용주선의 어느 어름 자기도 모르는 사이에 진단과 치료가 불가능한 희귀병에 걸린 원영의 투병 생활과 그런 엄마의 병인을 밝혀내 치료하려 애면글면하는 그 딸의 측은한 노력이 짠해 보이던 아침에도, 그는 어김없이 아침을 챙겨 먹었다.

　그리고 한 편의 성소수자 이야기를 읽어나가면서, 플라토닉 러브니 목숨으로 사랑을 바꾸는 따위 『로미오와 줄리엣』식의 케케묵은 사랑 타령은 이미 오래전 '라떼' 세대에 시효를 다하지 않았는가. 그렇게 크게 외치고 있는 것 같아, 까닭 모르게 쓸쓸했던 날에도, 그는 아침을 거르지 않았다.

　게다가 가난, 고생, 시련 따위 인간의 희로애락이라니, 이런 구태의연한 건 이미 '꼰대'들이 마르고 닳도록 우려먹은 소재

아닌가. 이런 고리타분한 이야기라면 영화나 TV드라마 또는 인터넷이 적당히 알아서 처리하고 있는데 왜 우리까지 끼어들어 이런 문제를 붙들고 씨름해야 하겠는가. 그렇다면 과학 문명이 만개한 이 진화된 시대를 살아가고 있는 우리 젊은 작가들은 '지금', '여기', '젊음'에게 필요 불가결한(?) 것을 제공하는 것이 당연한 소임 아니겠는가. 그래 요즘 젊은이들에게 필요 불가결한 것이 있다면 그것이 무엇이겠는가. 넘쳐나는 에너지를 마음껏 분출할 수 있는 그들만의 카니발을 마련해주는 것, 그것이 그들을 구원하는 방편 아니겠는가. 젊은이들의 넘쳐나는 에너지를 마음껏 분출할 수 있도록 하는 카니발이라면, 그래 거기에는 아무래도 인륜 따위는 발을 붙일 수도 없게 해야 하지 않겠는가. 가면 뒤에 본 면목을 감추었으니 부끄러움이나 염치인들 제 몫을 하겠는가. 그렇다면, 아무래도 패륜과 퀴어 따위를 적당히 버무린 발칙하고 도발적인 행태를 미학적(?)으로 치장해 제공하는 것보다 적절한 것이 있겠는가. 그렇게 당당하게 주장하고 있는 것 같은 여러 젊은 작가들의 작품을 읽고 속이 쓰라렸던 아침에도, 그는 어김없이 아침을 차려 먹었다.

양평 집에서 차려주는 밥상을 마다하고, 늘 바람이 창문을 흔드는 섬 갯가에 홀로 위리안치되어 자신의 손으로 밥을 짓고 차려 먹으며 설거지를 한 것이 벌써 13년째에 접어들었다.

베이글 반쪽, 삶은 달걀 하나, 사과 반쪽 또는 키위 하나, 그래 놀라를 적당히 띄운 우유 한 잔, 그의 아침 메뉴는 그렇듯 좀 유별난 편이었다. 어쩌면 호사스럽다며 비난하는 사람이 있을 지도 모르겠다. 그러나 이 메뉴에 이르기까지 그는 말 못 할 수많은 우여곡절을 겪었다. 혼자 생활하는 동안 은연중 몸에 젖은 것이 간편 우선이었다. 간편 우선을 도모하며 수없이 변 덕을 부리고 시행착오를 거듭한 끝에, 십여 년 만에 가까스로 정례화한 아침 메뉴였다. 섬에 들어온 후에도 한동안 밥과 국 과 김치라는 일반적인 메뉴를 지속했었다. 그 오랜 습관을 벗 어나게 된 것은 앞에서 말했듯 간편 선호 때문이었다. 입맛과 영양가 또한 고려했음은 물론이었다. 하지만 언제 또 그의 입 맛이 바뀌거나 새로 고려하고 배려해야 할 사항이 등장하여 메뉴가 달라질는지는 알 수 없는 일이었다.

그의 배소(配所) 한산도는 뭍에서 뱃길로밖에 왕래할 수 없 는 섬이었다. 그렇지만 매물도, 비진도, 용초도, 죽도, 장사도 등 인근 여러 섬을 관할하는 면사무소가 있는 까닭인지 우체 국과 농협과 하나로마트가 있었다. 그러므로 한 달에 한 두어 번 통영 뭍으로 나가 장을 봐 오면 생활에 별 불편이 없었다. 다만 뭍으로 나갈 때와는 달리 섬으로 돌아올 때는 양팔이 빠 질 지경으로 무거운 짐을 들고 와야만 하는 불편이 따르기는 했다.

그런데 차려주는 밥상을 받던 양평 집에서의 편한 생활을 마다하고 왜 어디서나 볼 수 있는 하늘과 소나무와 바람밖에 친숙한 것이라고는 없는, 아는 사람 하나 없는 외진 섬으로 내려왔는가, 혹시 궁금해할 사람이 있을지 모르겠다. 듣는 사람이 속을 다 헤아려 알게 하기 위해서는 말로 하려면 아마 서너 시간은 공을 들여야 할 것이다. 그것을 글로 쓰려면 또 그 분량이 얼마나 많겠는가. 번거로움을 피하기 위해 그의 서재에 있는 액자 하나를 소개하는 편이 훨씬 용이하리라 생각된다.

한산도로 내려올 때만 해도 통영시 관내에 그가 아는 사람이라고는 한 사람도 없었다. 아는 사람이 없는 것이 갈 곳을 정할 때의 중요한 기준 중 하나였다. 아는 사람이 있다는 것은 그 사람에게 써야 할 시간과 그에 따른 신경 소모가 필연적으로 따르기 때문이다. 헌책만 한 트럭 싣고 섬으로 내려올 때, 누구에게도 내비치지 않았지만 그는 자신의 가장 소중한 재산은 '외로움'이라 믿고 있었다. 그러나 통영으로 내려온 그는 한산도 입주를 주선한 인사들과 몇 차례 만남을 가져야 했다. 그 주변 사람들과도 인사를 나누지 않을 수 없었다. 그러던 어느 어간에 어쩌다 현지의 한 문화단체 가입을 권유받고, 자리가 주는 분위기에 그만 부화뇌동, 별생각 없이 그러마, 했다. 그러나 이튿날 제정신이 돌아왔을 때 아뿔싸! 싶었다. 며

80

칠 후 그 단체의 회합에 맞춰 나간 그는, 단전에 공손히 두 손을 모으고 허리를 숙이며 정중하게 사과를 드렸다. '제가 큰 실수를 저질렀습니다. 저의 재산이라고는 가장 큰 것이 외로움인데 협회에 가입하면 여러 회원님과 교류를 하게 될 것이 뻔한 사실 아니겠습니까. 그러면 저의 가장 소중한 재산인 외로움을 어찌 온전히 지켜낼 수 있겠습니까. 그렇지 않아도 빈손으로 내려온 주제에, 가장 소중한 재산을 잃게 되었으니, 그래 이 일을 어쩌면 좋겠습니까? 여러 회원님께서 하해와 같은 은혜를 베풀어 저의 소중한 재산, 외로움을 지킬 수 있도록 도와주신다면 그보다 더 고마운 일이 없겠습니다.' 그렇게 비손하듯 억지 비슷한 사과를 올리고 양해를 구한 다음 그는 간신히 자신의 재산을 지켜냈다.

그러나 사람살이에는 이러저러한 구실이 따르기 마련이었다. 시간이 지남에 따라 하나둘 아는 전화번호가 늘어갔다. 그러던 어느 날 통영에서 알게 된 한 인사가, 문화마당이 내려다보이는 카페 '카사블랑카'에서 만나자고 제안해 왔다. 마다할 이유가 없었던 그는 별생각 없이 카사블랑카로 나갔다. 몇몇 아는 얼굴들과 반갑게 악수를 나누었다. 얼결에 초면의 한 인사와도 악수를 나누게 되었는데, '두메'라는 현지 서예가라고 했다. 일행의 사이에 맥주잔이 오고 가며 시간이 흘러갔고 적당히 농도 오고 가며 자리가 무르익어 갔다. 분위기가 어지간히 고양되어 간다 싶을 즈음, 모임을 주선한 호스티스께서 "두메 선생님께서 오늘 여기 계신 손님들께 직접 글을 선물하겠다고 하십니다. 평소, 소중한 금언이 있거나 받고 싶은 글귀가 있으면 써드리겠다고 하니 말씀하시기 바랍니다."라고 하였다. 두메 선생은 옆 테이블로 옮겨 앉아 지필묵을 준비했다. '일일우일신', '일일삼성', '불광불급', '온고이지신'. 온갖 명언·명구가 다 등장했다. 고개를 갸웃거리며 그가 제출한 글귀를 거듭 살피던 두메 선생은 그를 물끄러미 쳐다보았다. "고생도 복이다, 라니. 괜찮겠습니까?" 두메 선생의 말에 그는 쑥스럽게 웃는 것으로 대답을 대신했다. 그날 저녁 두메 선생으로부터 받아 온 그 글귀를 표구하여 책상 옆에 세워 두고 그는 벌써 일여덟 해째 동거를 해오고 있다. 하기야 지금이라면 그는 '고생도 복이다'가 아니라 '고생이 복이다'라고 토씨 '도'를 '이'로 바꿨겠지만.

……그 액자가 그의 한산도 생활을 모두 함축하고 있다고 봐도 무방하리라 생각된다.

*

누구나 인식의 대상이 '있다'는 것, 세상은 혼자가 아니라, 눈으로 보고 귀로 듣고 코로 냄새를 맡는 대상이 주위에 항상 '존재'한다는 것을 자주 잊어버릴 때가 있다. 시간은 의식할 때만 흘러가는 것이 아니라 마냥 흘러가는 것인데, 자신에게 무슨 일이 생겼을 때만 흘러가는 시간에 방점을 찍거나 밑줄을 그어 표시를 하듯 세상 또한 아무렇게나 무심히 '있을' 뿐이지만 자신에게 무슨 사정이 생겼을 때나 무슨 사건이 일어나 거기 대처해야 할 사정이 생겼을 때만 그것이 '존재'함을 이윽고 인식하게 되는 경우가 많다. 우리와 더불어 살아가고 있는, 이 세상에 '존재'하는 모든 것을 한꺼번에 다 인식하고 항상 선명히 기억해야 한다면 우리는 거기서 오는 혼란을 어찌 감당할 수 있겠는가. 혼란에 휩쓸려 곤경을 겪는 사태를 면해주기 위해 조물주께서 우리에게 장착시킨 수단이 과거는 흘려보내도록 하고 미래는 다음에 걱정하도록 하며 다만 현재에만 인식의 촉각을 곤두세우도록 하는, 적당한 망각과 알맞은 소홀함을 부여했을 것이 분명한데, 그 사실을 누군들 인식할 필요를 느끼고 있겠는가. 그러나 기억은 편리한 것이기도 하지만 불편한 것이기도 하다는 사실을 웬만큼 나이 먹은 사람은 다 안다. 그런 사실을 알 만한 나이를 십수 년 더 넘긴 그였으나 좀 민망스러운 일이기는 하지만, 망각의 편리함을 도무지 활용하지 못하는 경우가 있었다. 어찌 보면 좀 엉뚱한 일인지도 몰랐다. 참으로 오래전, 세상이 깜짝 놀랄 만한 시를 쓰는 것을 꿈으로 여기고 있는 이른바 '예비 시인'이라는 사람과 차를 마시면서 나눈 이야기들이 그것이었다. 누가 땅을 땅이라고 명명했을까. 누가 처음으로 하늘을 하늘이라고 불렀을까. 왜 바다는 바다라고 했을까. 예비 시인과 그는 헤어질 때까지 아마 몇 시간 동안을 그와 같은 좀 엉뚱한 질문을 서로 경쟁하듯 바쁘게 주고받았다. 그러나 이전에도 그랬듯 그들은 그들이 쏟아놓은 그 많은 질문에 하나도 답을 대지 못했다. 답을 대지 못한 질문의 늪에 빠져 허우적거리며 그들은 몹시 의기소침해졌었다. 글쎄 우리가 이토록 무식한 존재였단 말인가. 우리가 지닌 지식이란 것이 정말 이토록 보잘것없는 것이었단 말인가. 우리가 알면 무엇을 얼마나 안다 할 수 있단 말인가. 우리가 받은 교육과 우리가 읽은 책이며 눈으로 봐온 사물이며 귀로 들어온 정보들이 우리의 소양과 견식에 얼마나 기여하고 작용해온 것일까. 세상만사, 다 부질없고 부질없는 것들뿐이었단 말인가. 무력감은 한없이 깊어갔다. 그래 우리는 무엇을 위해 왜 살아왔고 살고 있는가. 매일 또 매일 우리에게 부여된 소임을 충실히 이행해나가고 있는 이 굴욕적인 맹종은 또 왜 지속해나가야만 한단 말인가. 이런 부질없는 기억을 한참 뒤적이던 아침에도 그는 베이글 반쪽과 삶은 달걀 하나, 키위 하나, 그래놀라를 적당히 띄운 우유 한 잔으로 하루를 준비했다. 그날 아침에도 그에게 문제가 된 것은 삶은 달걀이었다.

답을 찾을 수 없는 그런 몽매한 문제들이나 삶은 달걀에 관한 문제 따위야, 세상을 구원할 십자군임을 자임하며 '삼각형은 둥글다'고 주장하는 그 문제적 투사들에게 맡겨버리고 머리 개운하게 지내면 상쾌하련만 왜 그냥 넘기지 못하고 애면글면하고 있는가. 그런 자문을 할 때마다 그는 의기소침해지고는 했다. 매사 주책없이 '양식'이라는 것이 준동하기 때문인가. 명색이 교육 좀 받았다고, 그래서 의식이 좀 살아 있다고, 그래서 도무지 못 본 척할 수 없어 항변이라도 하고 싶어 어쩔 수 없다는 말인가. 삼각형 문제는 기하학을 운운할 필요조차 없이 초등학생도 '삼각형은 삼각형이다'로 알고 있을 아주 평이한 사실 아닌가. 그런 걸 교양깨나 갖췄다는 우리가 왜 '삼각형은 둥글다'라고 외쳐대는 무리와 시비를 다투어야 한단 말인가. 핵은 전쟁의 무기일 뿐 평화의 수호 수단은 아닐 것이 명백하지 않겠는가. 민족이란 필요할 때의 정치적 수사일 뿐, 지금 여기 이웃이나 형제의 삶에 절박하고 요긴한 양식이나 해결책이 되어주는 것은 아니지 않겠는가. 굳이 따질 필요 있겠는가. 자유민주주의나 공정이란, 권력을 쥔 자들에게만 사용권이 독점적으로 주어진 편리한 정치적 수사가 아니지 않는가. '국민'이라면 누구나 공평하게 정치를 호흡할 수 있게 하는, 제도와 정치의 존재 이유를 인식하게 하는 기본 이념이며 상식 아니던가. 공산주의란 집단이 부족 단위일 때,

즉 다 같이 생산에 참여하고 공평하게 나누어 먹는 부족 단위일 때 가장 이상적인 정치체제라고 하지 않았던가. ······하지만 이 모두 다 쓸데없는 수작들인 것이다. 일언이폐지하고, 그래도 문제는 남았다. 정말 머리를 머리라고 최초로 명명한 사람이 누구였을까. 손을 손이라고 최초로 말한 이는 누구의 아버지거나 어머니였을까. 인도-유럽어족은 그런 의문으로부터 훨씬 자유로운 편일지도 모르겠다. 그리스, 로마, 프랑스 등으로 한결 폭을 좁혀 한정적 울타리를 칠 수 있어 우리보다는 행운을 누리고 있는 셈이다. 트랜스 유라시아 어족인 우리는 유라시아 대륙을 가로지르는 방대한 언어집단의 갈래이므로 투르크어, 몽골어, 퉁그스어 그 어디에 줄을 대야 할는지. 랴오강 일대의 농경민이었을 단군시대 또는 고구려나 신라, 백제 시대 어느 때 어느 어머니나 아버지가 최초로 썼는지 모를 그런 말을 우리는 지금 아무 생각이나 거리낌 없이 사용하고 있는 것이다. 그 근원을 알 수 없으므로 그 고마움이나 은혜 같은 것도 의식할 필요를 느끼지 않고 그냥 아무 부담 없이 우리가 선험적으로 소유하고 있는 그런 기능쯤으로 여기며 아무렇게나 쓰고 있다. 그래 조상으로부터 대대로 물려받은 자산을 향유하고 있을 뿐인데 그것이 왜 문제가 되겠는가. 하지만 그냥 아무렇게나 향유하는 것보다는 한 번쯤이라도 그런 것을 문제 삼고 거기에 의문을 품어 본다면, 그것이 우리가 지닌 무의식적 '양식'의 자양분이 될지 누가 알겠는가.

*

고창 질마재를 찾아가던 날 아침에도 그는 삶은 달걀 하나를 먹었다. 그날 아침에도 달걀은 문제적 존재였다. 그는 4년여에 걸친 지루한 작업 끝에 좀, 아니 한참 모자라 더 채우고 싶은 데가 많은 섣부른 원고를 한 권의 책으로 꾸려낸 직후 정신이 좀 허허로운 상태였다. 책의 출간으로 지난 고생을 일단락 지은 셈이었으니 좀 여유를 가져도 되련만, 외로움을 자산으로 여기고 고생을 복이라 여기고 있는 그로서는 책을 냈다고 여유를 갖거나 안주할 수는 없는 노릇이었다. 시급히 새로 동행할 고생을 찾아내야 할 필요에 직면해 있었다. 그 무렵 그는 혹시 그에게 다가올, 다음에 필요할지도 모를, 그의 정신이 가닿아 방황하거나 안주할 만한 새로운 고생과 만날 수 있을지도 모르리라는 기대로 대중없이 이런저런 데를 찾아 발품을 팔고 다녔다. 오래 묵은 고서를 쌓아놓고 벗을 기다리듯 손님을 기다린다는 섬진강 '책 사랑방'을 방문하기도, 어떤 도시의 박물관을 하염없이 기웃거리기도, 옛 왕릉을 찾아가 하루해를 보내기도 했다. 어쨌든 종잡을 수 없는 자신을 종잡을 수 있게 하기 위해 무던히 애를 쓰고 있었다. 그 방랑은 직전에 출간한 작품의 미진한 데가 지속적인 정신적 부담으로 알게 모르게 작용하고 있었던 탓이 컸다.

그 작품을 시작할 무렵, '해방공간'이라는 소재가 탐이 나 물매 모르고 덥석 덤벼들었으나 배움이 약한 그가 감당하기에는 벅차다는 걸 금방 알아차렸다. 탐은 났지만 그 소재를 다루려면 기본적으로 갖추고 있어야 할 '현대사(現代史)' 지식이 그에게는 턱없이 부족했다. 그로서는 그 부족한 데를 채우지 않고서는 작업에 착수할 엄두를 낼 수가 없었다. 그러나 어쩌랴, 도망갈 수는 없는 노릇이었다. 나름 큰맘 먹고 작업에 착수하기로 작정하고 그는 자료 검토에 들어갔다. 자료 하나를 구해 검토하고 나면 반드시 다음 과제가 주어졌다. 잇달아서 수백 차례 새로운 벅찬 과제가 주어졌다. 되풀이 그 벅찬 과제를 풀어나가는 과정을 마치고 나니 3년여 세월이 훌쩍 지나가 있었다. 그리고 집필에 들어갔다. 그러나 자료 검토에 착수할 때 그러했듯 종작없이 올이야 길이야 헤매야만 했다. 그리고 아직 멀었는데, 아직 멀었어, 고치고 또 고치며 일 년쯤을 더 보냈다. 그리고 내심 불안감을 감추지 못한 채 원고를 한 출판사에 보냈다. 투고를 해놓고도 돈이 안 될 것이 뻔한 그놈이 채택될 가망이 없으리라 생각하며 희망의 눈금을 최대한 낮추고 미련을 거두려 애를 쓰며 기다림의 고통을 견뎠다. 그런데 글쎄 운이 더럽게 없는 사람이었던지 아니면 돈이 안

될 것을 몰랐던지 책을 출간해 주겠다고 나선 이가 있었다. 그 덕에 책을 출간한 그는 한시름 놓게 되었고, 책이 출간되자 다음 고생의 여정을 도모하게 되었던 것이다.

그런데 그때 출간한 책의 띠지에 그는 '『광장』, 『태백산맥』이 던진 질문에 명쾌한 답을 제시한 이 시대의 문제작'이라는 매우 도전적인 문구를 고딕체로 제시했었다. 그가 작품 집필에 바친 4년여의 학습이, 즉 현대사 학습이 작용한 바에 따른 순수한 의문의 표현이었다.

『광장』의 이명준이 남이냐 북이냐 선택의 기로에서 중립국을 선택한 것이 그는 마뜩치 않았다. 핵심을 비켜난 판단유보의 행태로서 훼절된 지성의 한 양태로 받아들여졌다. 그의 깜냥이 매장 허가서에 바쿠닌을 금리생활자로 기록한 묘지 관리인의 무식한 세속적 안목에 지나지 않을지도 모를 일이지만, 이명준의 회색적 선택이 올바른 지성인의 행동으로는 마땅치 않아 보였던 것이다. 만약 지은이에게 요즘처럼 자료가 풍성했다면 그 결론이 달라지지 않았을까, 그런 생각을 하며 아쉬움을 달랬다.

『태백산맥』의 경우, 빨치산들이 영웅처럼 미화되어 있는 것이나 제시되어 있는 이념이라는 것이 남북의 극한대치와 좌우 대립 등 겹겹이 얽혀 있는 복합적인 시대 상황이나 현상을 너무 단순화시켜 놓은 것 같아 마음이 불편했다.

그는 30여 년 전 알마아타에서 이르쿠츠크파 공산 계열 독립투사 이동휘 선생 손녀를 만나 그 궁핍한 생활상을 목격하고 속으로 몹시 송구하고 민망했던 적이 있었다. 한때 김일성 대학에서 러시아어를 가르쳤던 송희영 선생의 안내를 받으며 연해주 일대를 둘러본 적도 있었다. 하바롭스크 마르크스가(街) 노변의 작은 집 문 앞에 초라하게 붙어 있는 볼셰비키(赤派) 소속 여류독립투사 김-스탄케비치 얼굴 부조물과 글귀 몇 줄을 스산한 기분으로 훑어보기도, 또 「낙동강」의 작가 조명희가 집필생활을 했다는 '작가의 집'과 선생이 교편을 잡았다는 중학교 근처를 서성거리기도 했으며, 그 주변에 방치되어 있는 발해 유적을 어루만지며 스산한 기분을 달래기도 했다. 그리고 군항 블라디보스토크를 둘러본 후 인근 독립투사들의 근거지였던 신한촌과 강제 이주민의 주된 삶의 터전이었던 우수리스크의 폐허화된 석회질 땅에 주저앉아 울분을 삭이느라 그는 해가 지는 줄도 몰랐다. 용정 대성중학이며 연길의 그 터무니없이 화려하던 양귀비 꽃밭은 지금도 그의 뇌리에 생생했다. 거기에다 1937년 조선족 강제 이주 열차에 영문 모르고 실려 가 중앙아시아 허허로운 소금 벌판에 버려졌던 황만금 씨의 경우도 그로서는 잊을 수 없었다. 황만금 씨 일가가 갖은 시련을 극복하고 우여곡절 끝에 일궈냈다는 타슈켄트의 '뽈리따젤 콜호즈'는 연방 공화국 전체 콜호즈 가운데 단위 농지 생산율이 가장 높다고 했다. 그리하여 15개 연방 어느 공화국이든 당 제1서기가 새로 취임하면 첫 필수 견학코스로 뽈리따젤 콜호즈가 정해져 있었다고 했다. 그렇듯 일찍이 노력 영웅으로 추대되어 존경받아온 황만금 씨는 팔십을 앞둔 생애 마지막 소원을 들라 하니, '아직도 갈 길이 막혀 있는 고향, 원산에 가서 어릴 때 그랬던 것처럼, 명란젓에 밥을 비벼 한껏 먹어보고 싶다!'고 했다. 그때 황만금 씨의 노안에 그려지던 그 아득하고 쓸쓸한 미소라니, 스푸마토 기법으로나 표현해낼 수 있을까. 그런데, 그런데, 『태백산맥』에는 그런 우리 민족의 아픈 사연 같은 것은 어디에도 그림자 하나 어른거리지 않았다. 그는 그것이 몹시 아쉬웠다.

그래, 어쨌든…… 그 어두운 시대의 속 켜를 직접 현장에서 헤아려 살펴본 기억들이 작품을 쓰는 동안 알게 모르게 그의 심저에서 작용했었고 지금도 그것들이 가슴속 어딘가에 깊이 간직되어 있었다. 그러니까, 그는 좀 길게 주어진 듯한 수명을 허투루 하지는 않아야 할, 비록 당위적 몫은 아닐지 모르지만 부채 의식 비슷한 의무감에 계속 시달리고 있었다. 그래서 고생을 마다하지 않고 공을 들여 해결해나가야 할 다음 과제가 무엇인지 발굴하고 도전하기 위해 고창 질마재를 향해 집을 나섰던 것이다. 전주를 거쳐 가는 것이 용이한가, 광주를 거쳐 가는 편이 쉬운가. 행정관할구역이 전라북도이므로 도청 소재지가 있는 전주를 경유해 가는 것이 답이려니 여겼으나 그의 무식은 금방 깨지고 말았다. 지리적 조건이란 행정관할구역이 문제가 아니라 멀고 가까운 거리가 문제임을 별 애를 쓰지 않고 알게 되었다. 그래서 빙 둘러 가야 한다는 전주를 접어두고 통영에서 광주행 고속버스에 탑승했다. 낯선 고장이 초행길의 소심한 여행객에게 주는 망설임과 주저와 거듭 되풀이되는 의심의 정도는 웬만한 사람은 다 알 것이다. 버스에 탑승한 그는 잠시도 창밖의 변화에 소홀하지 않았다. 분주히 바뀌는 창밖의 변화에 얼마나 넋을 놓고 있었을까, 모르는 새 광주에 도착했다.

그는 광주에서 고창으로 가는 버스로 갈아탔다. 버스는 한산한 편이었다. 2인 좌석에 거의 한 사람씩 앉아 나름대로 적당히 흔들리며 창밖에 눈을 주고 있거나, 어딜 가나 흔히 그렇듯 휴대전화를 뚫어지게 응시하고 있는 승객들이 대부분이었다. 조는 사람은 별로 눈에 띄지 않았다. 그런데 그의 오른편 좌석의 한 여자가 그의 시선을 자꾸만 끌어당겼다. 소녀에서 처녀로 성숙해가며 정서적 고비를 가파르게 넘기고 있을 그녀는 남다른 미모를 지니고 있었다. 그녀의 미모에 현혹된 나머지 그는 자신의 나이도 잊은 채 한동안 물끄러미 그녀를 바라보고 있었다. 아뿔사! 뒤늦게 그 사실을 깨달은 그는 얼굴이 확 붉어졌다. 무안해진 그는 황급히 건너편 대각선 위치의 초로의 여인에게로 시선을 돌렸다.

　누구에게 속을 들켰을 까닭이 없었으나 민망스러움을 지우려는 내심도 없지 않아 그는 질마재를 몇 번은 다녀갔으리라 짐작되는 서울의 한 지인에게 전화를 걸었다. 돌아온 대답은 기대 밖이었다. 질마재 미당시문학관을 여러 차례 방문한 것은 맞지만, 학교 행사 때 관광 전세버스로 다녀왔기 때문에 대중교통 노선은 캄캄하다고 했다. 그 무심한 대답은 너무나 당연한 것이었다. 질마재에 당도하려면 앞으로 몇 사람이나 더 붙들고 아쉬운 소리를 해야 할지, 좀 막막하다 싶은 순간, 건너편 대각선 위치의 그 초로의 여인이 그를 돌아보았다. "제가 질마재 사는데, 나중 함께 가시지 않겠어요?" 하고 물었다. 더 반가울 데가 없었다. 단박 그러마고 대답한 그는, 잠시 미당 선생께서 내게 안내자를 보낸 것인가, 그런 망상에 젖어보기도 했다.

　고창에 발을 디딘 순간 자두 냄새가 났다. 아니 자두 냄새를 맡은 것 같았다. 들꽃 첫물이 지고 난 무렵이었으므로 자두철이었다. 늘그막의 여인과 일행이 된 그는 시외버스정류소를 벗어나 한길 인도에 서 있었다. 두어 시간 후 질마재행 막차가 있으나 돌아오는 버스는 없다 하여 하는 수 없이 택시를 이용하기로 작정한 그는 여인이 호출한 택시를 기다리고 있는 중이었다. 그런데 아무리 주위를 둘러봐도 어디에도 자두는 보이지 않았다. 이맘때면 그의 양평 집 마당에 있는 오래 묵은 자두나무에 적황색의 자두가 가지가 휘도록 열렸었다. 그것을 따고 이웃에 나누어 주고 갈무리하느라 법석을 떨고는 했던 것이 기억의 수면 위에 떠오르기는 했다. 그러나 기억 속의 자두가 냄새를 피워 올렸을 까닭은 없었다. 택시가 도착해 탑승한 후에도 자두 냄새는 그를 계속 따라왔다. 택시 기사는 몸피가 넉넉하고 손목이 굵은 여자였다. 두 여인은 잘 아는 사이인 듯 질마재에 당도할 때까지 화제가 끊이지 않았다. 두 여인의 화제와는 아무 관련 없는 자두 냄새는 계속 그를 따라오는 데 게으르지 않았다. 택시는 이윽고 질마재 미당시문학관 마당에 당도했다. 두 여인은 화제를 나중에 이어갈 것을 약속했는지 모르겠지만 그가 내리자 늘그막의 여인도 내렸다. 미당시문학관 사무장을 잘 안다고 귀띔한 여인은 이미 그의 안내를 자임하고 나선 터였다. 택시 기사에게 고창으로 되돌아갈 것이니 대기하라 이르고 그들은 계단을 오르기 시작했다. 그런데 계단에 첫발을 올려 딛는 순간, 조금 전부터 자두 냄새가 사라졌다는 사실이 상기되었다. 아니, 질마재에는 무슨 냄새가 날까, 이미 택시에서 내리기 전에 그는 잠시 그런 생각을 했었다. 이맘때 미당이 맡고는 했던 냄새가 무엇이었을까 궁금했던 것이다. 그러나 자두 냄새가 사라졌을 뿐, 어디에서도 보리 익어가는 냄새나, 밀밭 냄새 같은 미당이 맡았음

직한 냄새는 맡을 수 없었다. 그래, 이 철이면 미당은 아욱이나 두릅이 바람에 나부끼며 흩날리는 냄새를 맡고는 하지 않았을까. 그렇다면 어디에선가 아욱이나 두릅 냄새가 문득 풍겨 올 것 같았다. 그러나 문학관으로 올라간 그가 전시관 일 이 층을 다 돌고 내려올 때까지 아욱이나 두릅 냄새는 풍겨 오지 않았다.

그런데 이상한 일이었다. 관람을 마치고 문학관 입구로 나가는 낭하에 섰을 때, 불현듯 그는 미당의 냄새를 맡았다고 느꼈다. 미당만이 풍길 수 있는, 미당 고유의 냄새를 분명히 맡은 것으로 생각되었다. 그래 그것이 '혼령 있는 하늘' 냄샌지 '물빛 라이락의 향' 냄샌지 또는 '초록 재와 다홍 재' 냄샌지 '연꽃 만나고 가는 바람' 냄샌지 아무튼 미당의 냄새가 온몸을 휘감고 도는 것 같았다.

그때, 여인이 연통을 넣어뒀다는 사무장이 뒤늦게 도착했다. 여인은 그를 사무장에게 소개했다. 사무장은 시골 면서기 같은 수수한 인상이었다. 여인으로부터 전시실을 다 관람했다는 말을 듣고 난 사무장은 잠시 생각에 잠긴 눈치더니 그에게 다시 전시실로 올라가자고 했다. 전시실로 올라간 사무장은 전시된 유품이며 초상화며 작품 등을 세세히 소개했다. 그는 묵묵히 귀를 기울였다. 그에게 새로울 것은 없었으나 그 열의가 가상스러웠다.

"선생님, 이보다 더 좋은 작품 어디 잘 있습니까?"

사무장이 벽에 걸린 한 작품 앞에서 걸음을 멈추더니 그를 돌아보며 말했다. 이미 조금 전 그가 마음속으로 대화를 나눈, 옛날부터 애송해오던 시였다.

"글쎄요, 저는 우리 시 가운데서는 백미라 생각해오고 있습니다!"

그의 대답에 기운을 얻었던지 사무장은 다른 작품 앞으로 그를 데리고 갔다.

"선생님, 우리말을 이렇게 영묘하게 구사한 작품 드물지 않습니까?"

"글쎄, 우리말의 근원을 상기시키는 이런 심오한 경지의 언어구사는 아주 드물지요."

또 다른 작품 앞으로 간 사무장이 다시 그를 돌아보며 물었다.

"이 작품은 어떻습니까?"

"내가 고등학생 때부터 애송해오던 작품입니다."

그의 대답에 사무장은 으쓱 어깨를 추어올렸다.

"그럼 선생님, 이런 작품을 중고등학교에서 문학시간에 가르치면 안 될까요?"

질문을 던져놓고 사무장은 까닭 모르게 그를 뚫어져라 쳐다보았다. 그는 잠시 당황했다. 왜 그런 질문을 던진 것인지,

그리고 그의 입을 집요하게 쳐다보며 대답을 재촉하고 있는 까닭이 무엇인지, 영문을 알지 못한 채 그는 잠시 숨을 골랐다. 이런 작품을 학교에서 문학시간에 학생들에게 가르치면 안 될까요라니. 이미 오래전부터 학교에서 가르쳐오고 있지 않은가. 그런데 왜,

그가 대답을 망설이고 있는 것이 무엇 때문인지 알겠다는 듯 사무장은 지금까지 작품 앞에서 기세등등하던 태도를 싹 바꾸어 갑자기 약간은 풀죽은 얼굴이 되었다.

"왜, 제가 뭘 잘못한 거라도 있습니까?"

돌변한 사무장의 태도에 그는 그렇게 묻지 않을 수 없었다. 그러자 사무장은 고개를 천천히 좌우로 저었다.

"아닙니다. 시류가 그런 걸 어쩌겠습니까."

사무장은 한숨을 내쉬었다.

"시류가 그렇다니요? 무슨 말입니까?"

그의 물음에 잠시 망설이고 있던 사무장은 내키지 않아 하며 아무렇게나 내팽개치듯 말을 툭 던졌다.

"미당 선생님 작품이 현행 중고등학교 교과서에서 제외된 것이 속이 상해 그만 제가 좀 무람없었습니다."

"미당 선생님 작품이 현행 중고등학교 교과서에서 제외되다니, 그럴 리가 있습니까?"

"모르고 계셨습니까. 벌써 그것이 언제 적부턴데, 아직 모르

고 계셨다니요?"

　믿기지 않는다는 표정으로 그를 물끄러미 쳐다보았다. 순간 그를 감싸고돌던 미당의 냄새가 싹 가시고 말았다.

　귀가 없지 않아 그도 몇 가지 풍문을 듣기는 했다. 민주화 세력이라 자임하는 무리가 정권을 잡은 후 시대 조류가 확연히 바뀌었다. 특히 문화계의 분위기와 환경은 싹 일변했다. 무엇보다 '죽창가'를 부르며 일제 잔재 청산에 맹위를 떨치고 있는 그들의 모습이 위협적이기도 했다. 누구누구가 친일을 했네, 누구누구의 작품이 친일 성향이 있네, 드디어 친일인명사전이 출간되었네, 이런 소문이 끊임없이 귀에 들려왔다. 가관은 거기에 그치지 않았다. 오로지 독립운동 차원에서 공산주의 노선을 추구한 김원봉을 공산주의자로 폄훼해서는 안 된다느니, 이런 현대사 왜곡의 사례가 토네이도처럼 문화계를 휩쓸며 거칠게 설치던 무렵, 미당 선생도 지탄의 대상이 되기는 했다. 그리고 친일시라며 미당과 청마의 시가 신문에 소개되기도 했다. 미당은 친일뿐만 아니라 군사독재 정부에도 부역했다며 지탄이 가중되기도 했다. 중요 신문사에서 시행하던 '미당시문학상'이 시상을 중단했다는 안타까운 소식이 그의 귀에 들려오기도 했다. 하지만 미당 시가 중고등학교 국어 교과서에서 제외되었다는 사실은 금시초문이었다. 그의 말에 사무장은 비로소 얼굴을 펴고 새삼스러운 눈으로 그를 뚫어지게 쳐다보며 도리질을 해댔다. 그 순간 그는 정신을 지탱하고 있던 끈 하나가 툭 터지는 느낌과 함께 영문을 알 수 없는 굉음에 귀가 먹먹해져 몸을 떨었다. 그리고 어정쩡하게 사무장과 인사를 나누고 미당시문학관을 힘없이 나왔다.

그는 중심을 잃고 좀 헐거워진 듯한 몸을 이끌고 대기시켰던 택시에 탑승하여 고창으로 나와 다시 버스에 흔들리며 광주로 가는 동안 계속 마음이 불편했다. 속으로 울화가 치밀어 오르고 분통이 터졌다. 그는 자신이 숨 쉬며 살아가고 있는 이 세상이 도대체 어떻게 된 세상인지 의혹을 떨쳐버릴 수가 없었다. 조선 왕정이 끝나고 치욕적인 일제 탄압의 암울한 터널을 지났으며 참혹한 민족상잔의 비극도 겪었다. 오랜 보릿고개의 시련도 다 이겨냈으며 그리고 이런 쓰라린 지난 역사적 사실들을 반면교사로 세상을 바로잡아 나온 것이 벌써 몇 해째인가. 시대적 산물인 이념 갈등이 없지는 않았지만 독재 타도에는 전 국민이 한 마음으로 궐기했고 민주주의 실현을 위해 얼마나 많은 값진 생명을 바쳤던가. 이런 역사적 정치적 과제를 해결해오며 몸이 요구하는 것에 못지않게 정신이 필요로 하는 자양분을 섭취하고 배양하기 위해 우리가 기울여 온 노력이 또한 얼마나 대단했던가. 과거의 정신에 드리워 있던 부끄러운 때를 씻어내고 새 시대가 제공하는 과학기술과 인문적 소양을 충분히 받아들여 그 혜택을 우리는 지금 한껏

달걀 벗기기

누리고 있지 않은가. 그리고 세계 문화 조류와 호흡을 같이하며 경제 선진대국임을 자부하고 긍지를 느끼고 있는 것이 현재의 우리들 아닌가. 그러한 우리가, 우리 문화를 우리 손으로 훼절하거나 말살시켜오고 있었다니, 글쎄?

그의 마음이 홀로 말하고 있었다. 백석의 시는 백석의 시 나름의 값어치가 있을 것이고, 일제로부터의 독립과 백성의 편안한 삶을 최고 이상으로 삼아 공산주의 사상을 신봉한 오장환의 시도 그 나름의 가치가 있지 않겠는가. 만해의 「님의 침묵」이며 윤동주의 「별 헤는 밤」이나 「서시」를 얼마나 많은 사람들이 애송하는가. 이육사와 이상화의 시가 많은 사람들에게 평가받고 정지용의 시와 김소월의 시가 많은 사람들로부터 널리 애송되어 온 것도 그 까닭이 다 있는 것이다. 그리고 미당의 시가 가장 좋다고 거리낌 없이 말하는 사람이 세상에 쌔고 쌘 것 또한 그 이유가 다 있는 것이다. 그런데 민족통일을 지상 과제로 이념화하여 현대사를 거기에 꿰맞춰 왜곡하기를 서슴지 않은 일부 현대사 전공자들이 주도적으로 정치세력과 손잡고 어떤 시인이 친일을 했다느니, 어떤 인사는 반민족적 행적이 뚜렷하다느니, 어떤 인사는 독재 부역자라느니, 온갖 부정적 허울을 씌워 배척하거나 폄훼해 온 것이다. 문학작품이 시대의 소산물임은 자명하지만 그 평가는 시대를 뛰어넘어 역사적 안목과 잣대로 재단되고 평가되어야 올바른 것 아닌가. 그런데 언제 어떻게 변할지 모를 일시적이고 무상한 시대적, 정치적 잣대로, 더욱이 비전문가들이 문학작품을 재단하고 평가하고 훼절하다니. 더구나 이런 사업이 여러 형태의 정부의 지원을 받으며 자행되어 오고 있었다니. 바로 우리가 살아가고 있는 이 과학 문명 시대에 국민 정서의 큰 줄기를 이리 비틀고 저리 비트는 이런 만행이 정부 지원을 받으며 시행되어 왔고 그리고 마침내 교과서 집필과 검인정 과정에까지 작용했다니, 믿고 싶지 않았다.

누군가 그의 귀에 대고 낮게 소곤대기 시작했다.

'에즈라 파운드 알지? 그래 미국 아이다호 출신인 그는 2차 대전 때 어떻게 했어. 로마 방송을 통해 미국이 전쟁을 도발했다는 등 공공연한 거짓 선동으로 이탈리아 국민을 현혹시키고 이탈리아 청년들에게 대미항전을 독려하는 등 파시스트 무솔리니의 주구 노릇을 톡톡히 하지 않았어. 패전 후, 미군에 체포된 것은 당연했지. 하지만 그가 정신병원에 연금되어 있던 12년 동안 영미 문학계가 어떻게 했어. T.S.엘리엇, 헤밍웨이, 로버트 프로스트 등 내로라하는 영미 대표 작가와 시인들이 그의 석방을 위해 얼마나 맹렬하게 움직였어. 그뿐인가. 그의 시를 높이 평가하여 저명한 볼링겐상도 수여하지 않았어. 그리고 그가 주도한 이미지즘 시운동은 지금도 영미문학사의 중심에 자리 잡고 있지 않아. 에즈라 파운드의 몸은 비록 전범

취급을 받았지만 그의 작품은 오로지 문학적인 관점에서 평가와 대우를 받아 온 것이지. 그렇지 않아? 그는 인물 따로 작품 따로 평가받아 온 것이야.'

그래! 그렇다면 우리 교육계에는 그런 사례를 반면교사로 삼은 인사들이 없었다는 것인가.

'하이데거는 또 어떻고. 하이데거야말로 철저한 나치주의자였잖아. 신념을 갖고 나치에 가담했고 나치 범죄에 동조하고 봉사한 반유대주의자였지. 히틀러 치하에 대학 총장을 지내며 학생들에게 나치 참여를 독려했고, 1945년, 나치가 패망할 때까지 당적을 유지하지 않았느냔 말이야. 하지만 패전 후 탈나치화 청문회 과정에서 어떻게 했어. 그의 정부였던 유대인 한나 아렌트를 비롯해 그의 옹호자들의 적극적인 변호로 그는 겨우 5년 정직 처분만 받지 않았어. 그뿐인가. 전범재판에서, 감옥에 가야 할 처지였지만 나치 점령국 프랑스 철학자들은 또 어떻게 했어. 당시 하이데거 조사를 담당했던 자크 라캉은 하이데거의 모든 범죄 사실을 확인하고도 그의 변명을 그대로 수용, 감옥행을 면하게 해주지 않았어. 프랑스 지성이 하이데거를 구한 것이지. 그 덕에 그의 '존재철학'은 지금도 유럽 철학계의 큰 기둥으로 우뚝 서 있잖아.'

그는 귀가 얼얼했다. 그렇다면, 접신한 듯 영묘한 언어로 민족정서의 원류를 뜨겁게 우리 가슴속에 굽이치며 흐르게 한 미당 시야말로 존재철학처럼 마땅히 구제받아야 하지 않았을까.

그런데, 미당 시를 중고등학교 교과서에서 제외시킨 교육계 무리들은 이러한 사실을 모르고 있었을까. 다 알고 있었겠지. 하지만 그들은 프랑스와 우리는 사정이 다르지 않느냐. 그런 터무니없는 반론을 펴며 미당 시를 폄훼하는 자기들 행태의 합리화를 꾀하고 나설지도 모를 일이기는 하다. 하지만 프랑스와 독일의 국경 분쟁이 어디 어제오늘 일이었나. 두 나라 관계를 생각할 때, 우리와 어금버금한 것 아닌가. 프랑스 군인으로서 상관의 명령에 따라 전범 하이데거를 조사한 자크 라캉은 어떤 사람이었나. 나치 치하에서 신음한 점령지 프랑스의 철학자며 대학교수 아니였던가. 그러므로 프랑스 지성이 전범 하이데거를, 하이데거의 철학을 구제한 것 아니고 무엇이겠는가. 아무렴 문학이, 예술이, 형이상학이 정치적 이념에 휘둘려서야 제대로 된 국가며 세상이라 할 수 있겠는가. 그래 교육계 인사들이 우리 후손들에게 큰 죄를 짓고 있는 것이 아니고 무엇이겠는가.

어쨌든 시에 관한 그의 취향은 주관적이고 경험적이다. 그러므로 전문적인 평가와는 아무 관련이 없을 것이다. '푸른 보리밭 사이로 하늘을 쏘는 노고지리가 있거든 아직도 날아오르는 나의 꿈이라고 생각하라' '끄을려 가는 발자국에 진탕물이라도 고여 내가 지나간 표지라도 되었으면……' 장래에 대한 불안감에 밤잠을 설치고는 할 때 함형수 시인의 「해바라기의 비명(碑銘)」이며 신중신 시인의 「내 이렇게 살다가」를 남몰래 암송하며 지냈던 암울했던 그의 청소년 시절 애송시가 교과서에 실리고 안 실리고를 문제 삼으려는 것은 아니었다. 그러나 미당의 시는 다르지 않는가. 그는 문학과 더불어 살아온 지난 오십여 년 동안 참 많은 책에서 미당의 시에 관한 평가를 접해왔다. 문학을 생업으로 살아온 그는 굳이 따지자면 소설에 종사해오기는 했다. 그러나 소설이라는 것도 시와 종횡으로 연관을 짓고 존재할 수밖에 없다. 그러므로 시 전문가에는 미치지 못할지 모르지만 시에 관한 한 그도 문외한이라고 할 수는 없다. 그는 미당 시는 민족정서의 원류를 타고 흐르며 미학적 아취와 정념을 아름답게 노래하고 있다고 굳게 믿고 있었다. 그의 주변 문학계 인사들도 미당 시의 미학적 성취를 높이 평가하고 있었다. 우리말을 이처럼 적절하고 오묘하게 구사하는 시인을 미당 말고 달리 찾아볼 수 없다는 사실을 자신 있게 주장하는 전문가도 많았다. 국어교육의 기본이 무엇인가. 국민들로 하여금 우리말의 가치를 제대로 알게 하고 그것을 잘 살려 두루 이용하게 하는 것 아니겠는가. 그렇다면 우리말을 가장 적절하고 오묘하게 구사하고 민족정서의 원류를 아름답게 노래하고 있는 미당의 시를 학생들에게 가르치는 것은 너무나 당연한 일 아니겠는가. 그런데 미당 시를 학생들에게 가르치지 않는다면, 미당 시로써 얻을 수 있는 국어교육의 성과를 외면하는 것과 무엇이 다르겠는가. 게다가 문학작품은 언어적 가치와 그 사용에만 그치는 것도 아니다. 문학작품은 당대인의 삶과 애환을 문예 미학적으로 형상화시켜 민족정서의 큰 줄기를 형성해 나가는 데도 이바지하는 것이다. 당대인의 삶과 그 애환을 문학적으로 형상화시키되 이념이나 제도에 의한 왜곡이나 훼절을 멀리하고 오로지 계절의 순환이나 해마다 거둘 수 있는 벼농사처럼 자연과 더불어 영위하는 국민의 정서가 고스란히 스며 있어야 비로소 문학작품으로서 평가를 받을 수 있는 것이다. 그 점에 있어서도 미당 시는 일호의 손색도 없다 하지 않는가. 그런데 문학계에 종사하는 절대다수 전문가들의 평가와는 달리 왜 미당 시가 교육계 인사들, 즉 비전문가들의 손에 의해 학생들의 국어교육과 정서교육 현장으로부터 배척당하고 있다는 것인지, 그 의문이 계속 그의 머리를 짓눌러 왔다. 이런저런 복잡한 상념 때문에 TV도 켜지 않고 광주에서 하룻밤을 지내고 한산도 배소로 돌아온 그는, 고창에서 부여받은 복잡한 상념으로부터 한 발짝도 벗어나지 못했다. 갈수록 고민이 깊어갔다. 그런 고민 속에서도 아침식사는 계속했고 아침식사 때마다 삶은 달걀 껍질 벗기기라는 난제와 만나고는 했다. 온도와 시간 조절이 서

툴러서 그런지 그가 삶은 달걀은 껍질 벗기기가 용이하지 않았다. 달걀을 식탁 위에다 탁탁 친 후 손바닥에 힘을 적당히 주며 몇 번 굴린 다음 껍질을 벗기고는 하는데 한 번도 시원스레 벗겨진 적이 없었다. 아무리 조심을 하고 요령을 부려도 껍질에 흰자가 뭉텅 묻어나고는 했다. 어떤 아침에는 왼손으로 벗기는 것이 용이한 것 같기도 하고, 또 어떤 날은 오른손으로 벗기는 것이 더 쉬운 것 같기도 했다. 그러나 껍질 세포막에 묻어난 흰자를 그대로 버려야 할 것인지 아니면 그것을 발라내야 할 것인지 매번 애를 먹지 않은 아침은 거의 없었다. 인터넷에 들어가면 달걀 껍질 벗기기 요령이 제시되어 있는지 모르겠으나 한 번도 그것을 참고할 생각은 하지 않고 매일 아침 그는 달걀 껍질 벗기기 난제와 씨름을 계속해오고 있었다. 그래, 그날도 달걀 껍질과 씨름하며 아침을 먹고 난 그는 아주 어수룩하고 눅눅한 기분으로 하루를 맞이했다. 그리고 커피를 마시고 났을 때 그는 아련한 기운에 젖어들어 갔다. 그 아련하고 몽롱한 기운은 그를 아주 오래전, 옛날 어느 한때로 문득 옮겨놓았다.

*

그러니까, 그것은 60여 년 전의 일이었다. 곳곳에 피난민이 남기고 간 전쟁의 상흔이 역력하고 어딜 가든 UNKRA 마크가 선명한 옥수수 포대가 쉽게 눈에 띄던 무렵이었다. 얌생이질 (절도)로 시장에 나온 미제품이 선망의 대상이었고, 전차가 궤도 위를 달렸다. 아직 공돌이와 공순이가 생기기 전이었고, 입을 덜기 위해 남의집살이를 보내는 일이 예사였다. 오라이, 옆구리를 탕탕 치는 여차장의 구호에 따라 버스가 운행되었고, 기차로 부산에서 서울까지 열두 시간 걸리던 시절이었다. 가장 빠르다는 특급열차 통일호도 서울-부산을 아홉 시간 동안 달리고는 했다. 전화는 부잣집에나 있는 매우 귀하신 몸이었고 펜팔이 성행하였다. 나무를 땔감으로 쓰던 그 시절 전국의 모든 산은 허리를 넘는 나무를 찾아보기 힘든 민둥산뿐이었다. 웬만한 수술은 마취 없이 하기 마련이었고, 몸에 탈이 나면 민간요법에 의존하기 십상이었다. 정말 힘들고 험한 시절이었다.

그 무렵, 월사금 마련이 여의찮았던 그는 학교를 다니다 말다 다니다 말다 했다. 월사금이 생기면 잠시 학교를 오갔으나 대부분 그런 행운과는 먼 생활로 빈둥거렸다. 오로지 〈학원〉에 글이라도 한 편 실리기를 바라며 그 낙으로 버텼다. 그렇게 빈둥거리며 지내던 어느 날 어떤 경로를 거쳐 온 것인지 모를 쪽지 하나가 그에게 전해졌다. 전화번호와 낯선 이름이 적혀 있었다. 어찌어찌 부탁에 부탁을 거듭한 끝에 겨우 전화할 기회를 얻은 그는 쪽지에 적힌 대로 전화를 넣었다. 낯선 음성이 전화를 받더니 대뜸 다급하게 소리쳤다. 오빠, 빨리 오세요. 언니가 위독해요. 오빠 없이는 절대 진료를 받지 않겠대요. 엄마도 할 수 없이 허락했어요. 빨리 오셔야 해요. 중앙로에 있는 김윤양외과예요.

여섯 시간 남짓 달린 기차가 역에 닿자 기차에서 내린 그는 강 건너에 있는 촉석루를 건너다보며 진주대교를 건넜다. 중앙로로 들어서니 곧장 김윤양외과 간판이 보였다. 대로변을 따라 길게 벋어 있는 검은 기와를 올린 한옥이었다. 병원 대문을 들어서 주뼛거렸으나 기다리고 있을 것으로 생각했던 그 여동생은 보이지 않았다. 수줍음을 몹시 타던 그는 어찌할 바를 모르고 한참을 서성거렸다. 머리에 앙증스런 하얀 캡을 쓴 간호사가 그런 그를 발견하고 다가와 말을 걸었다. 몇마디 듣지 않고 간호사는 알 만하다는 듯 즉각 그에게 마루로 올라오라고 했다. 그리고 어떤 방으로 안내했다. 연세 지긋한 부인 일여덟 명이 방으로 들어서는 그를 웬 놈이냐는 듯 뜨악하게 쳐다보았다. 자리에 누워 있던 소녀가 그를 보자 일어나려고 했다. 그러자 알아차렸다는 듯 모두 시큰하게 얼굴을 돌렸다. 간호사의 부축을 받으며 몸을 조금 일으킨 소녀는 하얀 가운 밑 옆구리에 긴 호스를 끼고 있었다. 그 호스 끝에 누런 액체가 담긴 병이 보였다. 입술이 하얗게 메마른 소녀는 그를 힘없이 쳐다보았다. 간호사에게 의사 선생님을 부르라고 하는 부인이 소녀의 어머니임을 그는 알아차렸다. 주눅이 든 그는 거기 있는 부인들과 눈도 제대로 마주치지 못한 채 엉거주춤 주뼛거렸다. 병문안을 온 친척들이라고 소녀는 그에게 힘없는 목소리로 귀뜸했다. 잠시 후 목에 청진기를 걸고 소독약 냄새를 풍기는 하얀 가운 차림의 의사가 들어와 소녀를 앉혔다. 그리고 그에게 소녀의 등 뒤에서 양팔을 꽉 껴안으라고 했다. 아무리 몸을 뒤틀고 고함을 질러대도 절대 풀어서는 안 된다고 단단히 주의를 주었다. 영문을 알지 못한 채 그는 의사가 시키는 대로 소녀의 등 뒤에서 양팔을 꽉 껴안았다. 의사는 소녀의 옆구리에 굵은 주사기를 꽂고 누런 액체를 뽑아 올렸다. 소녀는 신음을 참느라 이를 갈았고 심하게 몸부림을 쳤다. 그는 의사의 당부에 거듭 놀라며 소녀의 팔을 더 힘주어 껴안았다. 그렇게 몇 차례 반복하던 의사는 급기야 소녀가 까무러치자 다시 그 자리에 호스를 꽂고 물러갔다. 한차례 소동이 끝나고 나서 돌아보니 그 사이 부인들은 모두 돌아갔는지 하나도 보이지 않았다. 엄마가 축 늘어져 있는 소녀의 이마를 물수건으로 훔치며 깊은 한숨을 내쉬었다.

*

그는 빈 커피잔을 다시 입으로 가져갔다. 그때 병원에서 고통스러워하던 소녀의 모습이 아련히 떠오르자 그는 머리를 저었다. 그것이 소녀와의 마지막이었다. 그는 다시는 소녀를 볼 수 없었다. 그때 병원에서 잘못되기라도 한 것인지 아니면 무슨 까닭이 따로 있었던 것인지, 그는 소녀의 소식을 알 길이 없었다. 늘 정에 굶주리며 소년기를 보내야 했던 그로서는 소녀와의 마지막 순간이 간절한 그리움이 되어 가슴속에 켜켜이 쌓여갔다. 그리고 오랜 세월이 지났음에도 그 그리움은 지금도 가슴속에 오롯이 살아 있었다. 언젠가 자두철에 부산역에서 진주행 기차를 기다리며 소녀가 낭송했던 미당의 시와 함께.

섭섭하게
그러나
아주 섭섭지는 말고
좀 섭섭한 듯만 하게,

이별이게
그러나

아주 영 이별은 말고
어디 내생에서라도
다시 만나기로 하는 이별이게,

연꽃
만나러 가는
바람 아니라
만나고 가는 바람같이……

엊그제
만나고 가는 바람 아니라
한두 철 전
만나고 가는 바람같이……

– 미당 서정주, 「연꽃 만나고 가는 바람같이」, 전문

김형의 뒷모습

눈을 감고, 한동안 생각을 풀어놓았다. 어디선가 시간이 걸어가는 소리가 들렸다. 시간이 걸어가는 소리는 물방울 떨어지는 소리 같기도, 수척해 가는 가을 산의 기미 같기도 했다. 유배 길에 오른 수레의 바퀴 소리 같기도, 대양을 항해하는 선박의 막막한 무적 소리 같은가 하면 불현듯 매머드 빌딩에 기수를 꽂는 항공기의 폭발음 같기도 했다. 그러나 확인하려 들면 소리는 낯선 그림 속으로 얼른 몸을 감추었다. 독해를 용납하지 않는 그 그림은 의식할 수도 감촉할 수도 없다. 인류가 출현한 이래, 지구의 모든 소리를 내장하고 있는 심오한 그 그림은 항상 존재하지만 또한 언제나 존재하지 않았다. 그림의 어떤 곳이 갑자기 평면의 정적을 깨고 폭발하듯 돌출한다.

"유형, 계시나?"

누군가 벌컥 현관문을 열고 나를 찾았다. 낯익은 목소리였다. 사람마다 지문이 다르듯 성문 또한 다르다 했다. 나는 목소리만으로 그가 누군지 금방 알아차렸다. 오랜만에 듣는 반가운 목소리였다. 반가움과 동시에 오소소 솜털처럼 경계심이 일어났다. 반가움과 경계심이 뒤섞인 낯선 기분 따위를 분별하고 있을 계제가 아니었다. 방문을 열고 거실로 나갔다. 허우대가 헌칠한 김형이 활짝 웃으며 서 있었다.

"아니 이게, 김형이 어쩐 일로?"

달려가 얼싸안아도 무방할 만큼 반가웠다. 김형이 손을 내밀었고 내가 얼른 그 손을 잡았다. 김형의 악력은 여전했다. 손을 잡은 채 몇 마디 주고받지 않아 나는 20여 년간 격조했던 김형의 근황을 대략 유추해 볼 수 있었다. 김형이나 나나 세상살이 궤도를 어금지금 달려온 처지였다. 가끔 신문을 뒤적이다 김형의 근황이 보도된 기사를 볼 수 있었고, 고희를 넘겼으니 세속적인 족쇄를 죄다 풀고 유유자적, 한적한 노년을 보내고 있을 터였다. 굳이 더듬어 보자면, 김형은 지천명 무렵부터 서울 집과 대구 직장을 오르내리며 분주히 생활을 꾸려왔고 나는 양평에서 한산도로 내려와 위리안치된 지 벌써 10여 년이 지나, 서로 마주칠 기회가 드물었다. 그냥저냥 마주치지 않고 지낸 것이 어언 20여 년 세월을 훌쩍 넘겼으나 젊어 한때 이런저런 일로 머리를 맞대고 의기투합, 세월을 휘저으며 지낸 기억들이 선명하게 되살아나 잡은 손을 얼른 놓지 못했다.

탁상을 가운데 두고 거실에서 김형과 나는 마주 앉았다. 즐기던 담배를 끊은 것인지 김형은 재떨이를 찾지 않았다. 마침 집에 있던 캔맥주를 따 목을 축이며 한산도에 생긴 지 얼마 안 된 유일한 중국집에 고추잡채와 탕수육을 주문했다. 배달 오는 길에 하나로마트에서 소주와 맥주를 좀 사다 달라고 부탁하는 것도 잊지 않았다.

조각도로 빚은 듯 단아하던 김형도 세월은 어쩔 수 없었던 지 눈 주위에 철사로 금을 그은 듯 주름이 죽죽 잡혀 있고 눈에는 피로한 기색이 역력했다. 그러나 찌르는 듯 날카롭던 김형의 눈빛만은 여전했다. 그 눈빛 때문인가, 김형의 옛날 모습이 떠올랐다. 그는 입술이 얇고 입매 또한 날카로웠다. 늘 무슨 성에 차지 않는 일이라도 있는지 심통 사나운 표정으로 입술을 약간 삐뚜름하게 다물고 있었다. 걸핏하면 입에서 불평불만이 쏟아졌다. 세상만사 입에 올리기만 하면 비웃음거리 아닌 것이 없었다. 세상에 그의 마음에 드는 일은 찾아보기 힘들었다. 몇 해 같은 직장에 다니며 나는, 그의 선친께서 시대가 용납하지 않는 이념을 품고 그것을 실현하려다 참혹한 최후를 맞았다는 사실을 귀동냥으로 들어 알게 되었다. 그런 선친의 비극적인 기억이 가슴속에 앙금처럼 고여 있을 것이 분명한 인사가 그렇듯 뜨악한 표정이 아니면 어떤 가벼운 표정을 짓고 함부로 헤헤거리며 지낼 수 있겠는가. 나는 속으로 고개를 크게 끄덕이며 김형과 가까이 지냈다. 하지만 사정을 모르는 사람들은 김형의 성격이 괴팍한 것으로만 여기고 가급적 가까이하려 들지 않았다. 그런 옛 기억을 상기시키는 날카로운 눈빛이 도리어 친근하게 느껴졌다.

마침 주문한 음식이 도착했다. 배달원을 보내고 음식을 탁상 위에 주섬주섬 올려놓았다. 조촐한 안주를 사이에 두고 우리는 서로의 술잔을 채운 후 오랜만의 만남을 새삼스러워하며 건배를 했다. 술이 몇 순배 돌지 않아 오랜 격조 기간의 성근 틈이 멀쩡히 아물었다.

이미 우리는 40 몇 년 전 옛날의 우리로 돌아가 있었다. 아니나 다를까, 곧 김형의 입에서 세상에 대한 불평불만과 날카로운 비판이 쏟아져 나왔다. 무엇보다 정치판 건달들에 대한 매도가 신랄했다. 시대의 너울에 편승하여 어쩌다 권력을 손에 쥔 정치 모리배들의 거짓 선동과 작폐를 일일이 예거하며 탄핵할 때는 얼굴이 빨갛게 익은 고추 같았다. 입으로는 공평, 공정, 정의를 외치지만 정작 뒷구멍으로는 온갖 월권, 범법, 국정 농단 행위를 일삼는 이들 위선자들, 숭엄한 권력을 돈줄에 빨대를 꽂아놓고 배를 두드리며 흥청망청 놀아나는 면허증 정도로 여기고 있는 이들 정치판 건달들을 한 두름에 엮어 지옥 불에 던져야 한다며, 『신곡』의 한 대목을 구성지게 엮어나가는 김형은 옛날 모습을 방불케 했다.

김형의 정치 건달들에 대한 혹독한 비판은 어느새, 세태 비판으로 옮겨가 있었다.

"세상 참 좋아졌지. 전화기를 손에 들고 다닐 수 있게 됐지, 버튼만 누르면 알아서 빨래를 척척 해주지, 2, 3분만 돌리면 라면을 끓여주는 전자레인지 역시 얼마나 편리한가. 자동차 덕에 다리 품 팔 일도 없어졌지. 컴퓨터는 또 얼마나 많은 일을 해주나. 게다가 TV, 영화, 게임 등 이런 영상매체들은 틀기만 하면 또 쉴 새 없이 오락거리를 제공하니……. 우리 젊었을 적에는 꿈도 꾸지 못했던 지상 낙원이 따로 없지 뭔가."

김형의 입가에는 냉소가 흐르고 있었다.

"하지만 요즘 세상 돌아가는 것 좀 보게. 우리 때와는 달리, 눈만 뜨면 폭력이다 불륜이다 배신이 판을 치고 있지 않나. 세상이 이렇게 부박하고 난폭해진 원인이 어디 있다 생각하나. 좋은 것, 즐거운 것, 편리한 것이 넘쳐나는 세상이니 눈에 거슬리는 것 불편한 것을 보면 참을 수가 없어진 것 아니겠나. 탐나는 것, 갖고 싶은 것은 물불 가리지 않고 손에 넣도록 길들여져 온 것이 벌써 언제 적부터였나. 그러니 요즘 염치나 윤리 도덕 같은 것이 안중에 있기나 하겠나. 무슨 딴 동네 개 짖는 소리지."

김형은 술잔을 기울이고 안주로 입가심을 했다.

"그래 손과 팔다리 수고를 대신해주고, 지루한 기다림을 해

소해주는 각종 전자기기 덕에 한없이 게으름을 피워도 되는 세상에, 눈을 즐겁게 하고 귀를 달콤하게 하는 오락물 중심의 감각적이고 즉흥적인 영상매체가 계속 의식을 마비시키고 가치판단을 방해하고 있는 이런 세상에, 어찌 옳고 그름을 판별하고 선행이나 인내의 가치를 알고 존숭할 수 있겠나. 생각해보게, 활자매체가 문화의 대표적 지위를 유지하고 있던 우리 젊을 때는 그래도 양심과 염치와 신의가 그런대로 살아 작동했었지 않나. 하지만 오락물 중심의 영상매체가 문화의 대표적 지위를 차지하고 있는 요즘은 세상이 완전 개판이 된 것 아닌가. 활자매체가 다시 문화의 대표적 지위를 회복하고 가치관의 중심에 선다면 모르지만, 영상매체가 문화의 대표적 자리를 차지하고 있는 동안은, 인류문화 발전을 기대하기는 어려울 것 같네."

속에 울화가 치밀었던지 김형은 앞에 놓인 술잔을 들어 단숨에 털어 넣었다. 김형의 세태 비판의 날카로움은 예나 지금이나 변함이 없었다. 옛날에는 소인배들의 염량세태 현상을 주로 비판 대상으로 삼더니, 이제 경박한 세태 전체를 비판하고 나선 것이 차이라면 차이였다.

"영상매체를 너무 폄훼하는 것 아닌가?"

김형은 손사래를 쳤다.

"유형도 참. 생각해보게. 영상매체가 하는 일이 뭔가. 정보 제공과 광고와 오락 프로그램 제공 같은 것 아닌가. 특히 영화나 드라마 등 영상물이라는 것은 인류가 지금까지 축적해온 지혜의 소산물을 이리저리 재구성하거나 변형시켜 즐기는 것에만 신경을 써오고 있지 않나. 워낙 영상매체를 즐기는 소비자들이 감각이나 감성을 자극하여 즐겁게 하는 것을 바라고 그 비위를 맞추려다 보니 가벼운 오락물에 목을 매게 된 것이지. 그런 오락물이 문화의 제왕 노릇을 하고 있으니 세상이 이렇게 가벼워질 수밖에 더 있겠나?"

무슨 말인지 알 것 같았다.

"하지만 활자매체는 어떤가. 만화나 가벼운 대중 오락물도 없지 않지만, 대개가 오랜 고난을 거쳐 독창적이기를 바라며 세상에 나온 것들 아닌가. 활자매체는 선행하는 업적을 적당히 재구성하거나 변형시켜 유통시키다 들키면 모방이다 표절이다 매도당하고 금방 설 자리를 잃고 말지. 그리고 영상매체를 즐길 때와는 달리 활자매체는 일정한 수고라는 대가를 치르지 않고서는 지적으로나 감성적으로 접근하기 힘들지 않은가. 영화는 멍하게 화면을 지켜보고 앉아 달콤한 감각적 자극을 즐기기만 하면 되지만 책은 어디 그래. 책을 읽으려면 머리에 쥐가 나고 사지가 뒤틀리지. 그렇지만 그 고통을 대가로 치르며 책을 읽어나가다 보면 보상이 반드시 따르기 마련이지 않나. 그 보상이 뭔가. 책을 읽으면 새로운 생각과 만나게 되고 그 새로운 생각이 자극제가 돼 새로운 생각을 낳게 되지. 새로 낳은 그 생각이 곧 창조적으로 작동하게 되면 발명품이 나오기도 하고. 인류문화 발전을 바라지 않는다면 별문제겠지만, 앞으로도 인류에게 문화 발전이 필요하다면, 사람들이 계속 영상매체를 신주 모시듯 모시고 살아서야 되겠나, 아니면 생각을 자극하여 창조적 행위를 유도하는 활자매체를 문화의 대표적 지위에 다시 재옹립시켜야 되겠나?"

예나 지금이나 김형의 다변은 여전했다. 나는 아무 대꾸도 하지 않았다.

"영상매체 영향 때문인지, 요즘 문화계 전반에 가벼운 바람이 불어닥쳐 걱정이 이만저만 아닐세. 문학판만은 거기 부화뇌동해서는 안 되는데, 문학판도 그 시류에 휩쓸려 가고 있는 것 같아 큰일이야."

문학판이 가벼워지고 있다는 데는 나도 고개를 끄덕이지 않을 수 없었다.

"요즘 몇몇 매우 제한적인 경우를 제외하고는 거의 다 그것이 그것 같고 무슨 한 공정을 거쳐 나온 가공품 같은 것들이 범람해, 읽을 만한 작품이 눈에 잘 띄어야 말이지. 내가 이런 말을 하면 또 그런다며 자네가 속으로 웃을지 모르지만, 우리가 문학 판에 뛰어들 때 어떤 마음이었나. 상업주의 따위는 저리 썩 물렀거라! 의기충천, 혈기방장했던 우리는 세상을 싹 바

뛰놓겠다는 야심을 품고 천방지축 날뛰지 않았나. 하기야 50여 년 가까이 지난 지금 생각하면 웃음이 나오기는 하지만, 어쨌든 우리 때는 그런 야심이라도 있었지. 하지만 요즘 젊은 작가들에게서는 그런 야심을 찾아볼 수 없는 것 같아서, 원!"

나는 대꾸 없이 그의 다음 말을 기다렸다.

"다 그런 것은 아니지만, 젊은 작가들 작품을 보면 대부분 아주 단조롭고 사소하고 자폐적이고……. 우리 때는 어디 그랬나. 지닌 재주가 미치지 못해 뜻 둔 만큼 성공을 거둔 적은 별로 없지만, 우리는 작품 한 편 꾸려 내려면 지구라도 짊어진 듯 감당하기 벅찬 고통과 번민으로 살을 내리고는 하지 않았나. 문장도 감각으로 빚어낸 가벼운 것이 아니라 깊은 사유의 용광로를 거친 중후한 문어체 문장으로 한 땀 한 땀 빚어내려 용을 쓰고는 했었지. 요즘 그런 작품을 찾아보기는 참 힘든 것 같아!"

옛날에도 김형은 기회 있을 때마다, 작가는 보석 세공사처럼 정성 들여 문장을 빚어내야 한다고 했다. 작품 내용도 중요하지만 그 내용을 담는 그릇(형식) 또한 새로워야 한다고 늘 입에 침이 마르도록 강조하고는 했다. 우리 가운데 작품을 대하는 진지한 태도로는 김형을 따를 자가 아무도 없었다. 옛날의 쓸쓸한 기억이 되살아났다.

한 회사에 다니고 있던 우리는 인접해 있는 회사에 다니던

윤형과 퇴근 후 자주 어울렸다. 우리 셋은 한 해 앞서거니 뒤서거니 소설가로 데뷔한 신출내기들이었다. 우리는 막소주 집에 들어가 앉으면 서너 병의 술을 금세 비우고는 했다. 김치가 주된 안주였고, 거듭 육수를 추가한 찌개 냄비의 싱거운 맨 국물에 자주 숟가락질을 해댔다. 하지만 따로 안주가 더 필요하지는 않았다. 정작 거친 우리 셋의 입이 안주가 되고도 남음이 있었다. 세상에 대한 쓴소리는 기본이고 남에 대한 험담도 거침없었다. 특히 선배나 동료작가들의 작품이 입길에 오르기라도 하면 우리 셋의 입은 누구라 할 것 없이 독을 품고 거칠어지기 마련이었다. 입길에 오른 선배나 동배 작가들은 금세 작살이 났다. 싱거운 국물을 앞에 놓고 소주잔을 기울이며 우리는 더러운 세상 아니면 못난 조상이나 선배들 작품 헐뜯는 것을 낙으로 삼아 험난한 세상을 힘겹게 이겨 나왔던 것이다.

그러던 어느 날이었다. 우리 셋 가운데 누가 먼저 말을 꺼냈는지 기억이 잘 나지 않지만, 그날도 우리는 문단을 싹 갈아엎자고 언성을 높이고 있었다. 의기투합한 우리는 동인 활동을 하기로 의견을 모았고, 뜻을 함께할 신출내기들을 포섭하기로 했다. 포섭 대상자들은 우리 제안을 흔쾌히 받아들였다. 그렇게 열두 명이 뜻을 모아 '작가'라는 동인회를 조직하기에 이르렀다. 행운이 따랐던 것인가. 저명 출판사에서 동인지 출판을 전담해 주겠다는 제안도 해 왔다.

그렇듯 '작가' 동인회는 순조롭게 출발했으나 첫 동인지 출간 후 곧 암초에 부딪혔다. 동인지 수록 작품 합평회에서 기대에 미치지 못한 작품에 대한 혹독한 비판과 함께 그 작품을 출품한 작가를 제명하자는 극단적인 제안이 나와 자리가 어수선해졌다. 참신한 소재, 활달한 어휘 구사와 신선한 문장은 기본이고 실험적인 형식이나 안정적인 구조를 갖춘 작품, 시대를 뛰어넘는 문제적 작품으로 문단에 새바람을 일으키고자 뜻을 함께한 회원들인데 그 뜻에 부합하지 못한 수준 미달의 작품을 그냥 봐 넘길 수 없는 일 아니냐는 것이었다. 작품에 대한 문제 제기는 윤형이 했으나 작가를 제명하자고 나선 것은 김형이었다. 그런 중대한 사안은 시간을 더 두고 신중히 생각한 끝에 처리하자고 회원 몇 명이 반대하고 나섰으나 소용없었다. 강경한 김형의 주장을 끝내 꺾지 못한 우리는 결국 회원 두 명을 제명하기에 이르렀다. 두 작가의 작품이 문제적이거나 참신성과는 거리가 먼 대중 취향적이라는 김형의 혹독한 비판 앞에 다른 회원들은 입을 닫고 수수방관할 수밖에 없었다.

공교롭게도 두 작가 모두 당시 문청들이 선망하던 잡지 『세대』 중편소설 현상모집 당선자였다. 두 작가 가운데 한 명은 끝내 지방 작가에 머물고 말았지만 다른 한 작가는 인기 작가로 크게 이름을 떨치며 한 시대를 풍미했었다. 새로운 미디어로 트위터가 등장하여 여론을 좌지우지할 무렵 그 인기 작가 트위터 팔로워가 120만 명을 상회하며 정치판을 쥐락펴락한다는 소문도 왜자했었다. 대통령 입후보자들이 앞서거니 뒤서거니 그 인기 작가의 집을 방문, 지지를 구걸하는 진풍경이 벌어지기도 했고, 심지어 전국에 배포되는 어느 대통령 선거 공보물에는 그 친구의 사진과 함께 지지 성명이 게재되어 웃음을 머금게도 했었다. 하늘이라도 찌를 듯 드높은 그의 유명세에도 불구하고 그 인기 작가 이야기만 나오면 김형은 콧방귀를 뀌었다. 그의 작품이라는 것이 올데갈데없는 대중소설에 지나지 않는다는 생각에 변함이 없다고 했다. 그의 정치판과의 연계 행태를 두고서는 그것이 어디 작가로서 할 짓이냐며 도리어 비웃을 따름이었다. 그래, 그 무렵 우리는 세상에 무서울 것 하나 없었고 기고만장했었다. 그런 김형이다 보니 요즘 젊은 작가들 가운데 눈에 드는 작가가 몇이나 되랴, 싶었다.

김형이 잠시 말을 쉬었다. 속으로 무슨 생각을 뒤적이고 있는지 눈이 천정에 고정되어 있었다. 그러고 보니 그가 통영까지 먼 걸음을 한 까닭을 아직 듣지 못한 것에 생각이 미쳤다.

"갑골문자와 상형문자 연구로 박사학위를 받은 연구자가 통영에 있다기에 만나러 왔네."

내 물음에 돌아온 대답이 예상과 너무나 거리가 멀어 정신이 번쩍 났다.

여느 작가보다 예리한 감성과 높은 수준의 지식, 남다른 올곧은 윤리관을 지닌 김형은 평생을 시대와 친하게 지낸 적이 없었다. 사람도 별로 가까이하는 편이 아니었고 여행도 즐기는 편이 아니었다. 그런 그가 천 리 먼 길을 마다하지 않고 통영까지 내려왔다면 필경 정치적 함의나 시대와 관련된 무슨 문제적 소재를 껴안고 내려왔으려니 예상하고 있었으나 내 짐작이 보기 좋게 빗나가고 만 것이었다. 아니, 갑골문자 상형문자 연구자를 찾아왔다니, 순간 온몸이 긴장감에 휩싸였고 관절이 하나하나 굳어가고 있는 것 같았다.

"대어 사냥에 나섰군, 그래!"

나는 '졌다!'고 하려던 말을 그렇게 고쳐 말했다. 다음 말이 궁금해 내심 긴장한 채 그를 쳐다보았다.

"요즘 코로나 팬데믹으로 비대면이 일상화되다시피 되어 있지 않나. 비대면이 새로운 일상으로 자리 잡아가자 그 불편을 견디지 못하고 신경쇠약 환자가 늘어가고 있다는 데서 착안한 것일세."

역시 예사롭지 않은 대답이 돌아왔다. 비대면이 일상화되어 가자 신경쇠약 환자가 늘어가고 있다는 데서 착안한 것이라니, 갑골문자와 상형문자가 그것과 무슨 상관이 있다는 것인가?

"인류의 비대면의 역사를 한번 살펴나갈 작정이네."

인류의 비대면의 역사를 한번 살펴나갈 작정이네, 김형의 말이 벼락처럼 뇌리를 쳤다.

"비대면은 문자의 등장으로부터 시작된 것 아니었나. 갑골문자 상형문자 등장과 그 사용으로 달라진 인간 생활의 변화를 시작으로 인류의 비대면이 문명발달과 더불어 어떻게 달라져 왔는지, 그 과정을 더듬어나가는 것도 의미가 없지 않을 것 같아 착안한 것이네."

들을수록 기가 질렸다. 그런 근원적이고 원형적인 문제에 착안하다니, 동업자로서 마음이 불편하지 않을 수 없었다.

"비대면의 역사라, 대어는 대어로군!"

"문자 사용 이후 전서구 활용이나 서신 교환으로 비대면이 늘어가기 시작했고, 전화와 전신 발명으로 비대면이 크게 확산되지 않았나. 지난 몇십 년 동안 인터넷과 휴대폰 보급으로 비대면이 거의 일상화되어 있다시피 했는데, 코로나로 비대면이 조금 더 확대되자 세상이 완전히 뒤집히기라도 한 것처럼 호들갑을 떨고 그 불편을 견디지 못해 허둥거리고 신음하는 인간들 꼴을 보고 있으려니, 내가 가만있을 수가 있어야지."

또 해머로 뒤통수라도 얻어맞은 것 같았다. 얼마나 깊이 신음하고 있는지 내 속을 모르고 태연히 웃고 있는 김형을 쥐어박기라도 하고 싶었다.

"그래, 그 갑골문자 연구자와 만남은 잘 됐나?"

순간 김형의 얼굴에 감돌던 웃음기가 싹 가셨다. 갑자기 표정이 굳어지며 고개를 저었다.

"그런데 그 여자가 여간 깐깐해야지. 한나절이나 구상을 밝히고 그 작업의 중요성을 강조하며 협조를 구했는데도, 도리질을 계속하는데, 정나미가 떨어지지 뭔가."

"그 연구자가 여자란 말인가?"

"그래, 이순을 넘겼음 직한 여성분이야."

"그래, 도리질을 하다니, 그 이유가 뭐란 말인가?"

"소설과 엮이고 싶지 않다더군. 하지만 불원천리 통영까지 내려온 사람을 생각해 달라고 거듭 간청했더니 마지못해 하루 더 생각해보고 내일 답을 주겠다고 하지 않겠나. 그래서 할 수 없이 내일을 기약하고 헤어졌지."

"그래서 한산도로 들어온 것이로군!"

"그렇지 않아도 일을 마치면 당연히 유형을 만나볼 생각이었네. 하지만 유형을 만날 수 있을지 말지는 반반으로 생각하고 건너왔는데, 면사무소에 들러 물었더니 유형에 대해 잘 알고 있더군."

"내 전화번호를 모르고 있었군?"

"유형은 내 전화번호 알고 있나?"

20여 년이나 소원하게 지낸 터, 서로의 전화번호가 소용에 닿지 않았으니 모르고 있는 것이 도리어 자연스러운 일일 터였다. 서로 쳐다보며 우리는 동시에 씁쓸하게 웃었다.

"어쨌든 잘 왔네. 소재가 아주 특이하고 신선하군."

"내가 예부터 욕심 빼면 뭐가 있었나. 하지만 알다시피 언제 그 욕심을 한 번이라도 제대로 충족시켜 본 적 있던가. 뜻은 높고 크지만 내 작품이라는 것이 언제나 그 나물에 그 밥이었지. 아마 이번에도 그냥 소재를 붙들고 허우적거리다 말지 않을까, 걱정이네."

말은 그렇게 하지만 김형의 의욕은 하늘을 찌르고도 남을 터였다. 데뷔 초부터 김형은 가벼운 읽을거리라면 도리질부터 했다. 단조로운 소품을 경멸하고 문제적이고 참신한 소재를 선택해, 신선한 형식과 기법으로 새로운 맛을 우려내려 필사적으로 덤비고는 했다. 깊은 사유가 묻어나는 웅숭깊은 문어체를 구사하며 작품의 격조를 높이려고 노력했으며, 굳이 미시적인 것이나 거시적인 소재를 구분하지는 않았으나, 문학작품이 소일거리가 아니라는 믿음은 철저했다.

"겸양이 심하군. 문제작을 김형만큼 많이 낸 작가가 몇이나 된다고!"

"별말씀을, 어쨌든 인류 역사를 훑어나가며 비대면의 사례를 찾아 그것이 인류 생활에 끼친 영향을 한번 살펴나갈 생각이네."

"그래. 문자의 발명과 그 사용이 비대면의 발단이라 생각하는 것부터가 기발하군!"

"그렇지. 정보 교환이, 목전이나 목소리가 들리는 가청지역에 있는 상대에게만 제한되던 것이 문자에 의해 원거리에 있는 상대에게도 서신을 통해 가능하게 되지 않았나. 인류의 비대면은 거기서 비롯되었다고 볼 수 있을 것이네. 비대면 확산의 역사를 더듬어가려면 갑골문자 상형문자 연구자를 만나 문자의 탄생에 얽힌 일화를 듣는 것이 순서일 것 같아 내려온 것이네."

나는 김형을 부러운 눈으로 쳐다보지 않을 수 없었다.

"역시 김형다운 의욕적인 작업이 되겠군. 섬에 들어와 알을 품은 지 10여 년이 지나도록 나는 그런 신통한 생각을 한 번도 해보지 못했으니 원, 내가 한심스럽기 짝이 없군, 그래!"

"무슨 겸양의 말씀을. 근년 유형이 발표한 작품에서 민족문화의 원형질적인 게 아닌 것 하나 있었나. 유형을 생각할 때마다 얼마나 부러웠는데. 어쨌든 비대면의 역사를 더듬어가다 보면 과학의 발달과 문명의 발달, 인류 생활의 변화 같은 것도 덤으로 살펴볼 수 있지 않을까 생각하네."

"내가 부러웠다니, 김형도 아첨할 줄 아네 그려! 그런데 김형은 과학도 시비의 대상으로 삼으려는 것 같군?"

"그래, 요즘 과학 발달의 추이가 여간 수상해야지. 과학이 자연계나 우주, 나아가 생명의 신비 같은 걸 풀어준 것은 말할 것도 없고, 각종 도구 발명으로 인간 생활을 편리하고 풍족하게 해준 것은 놀라운 공헌으로 평가해야 마땅하겠지. 하지만 이런 발명품이라는 것들은 몸과 관련된 것들뿐이지 않은가. 팔이나 다리, 신체의 기능을 보조하거나 연장시키는 것이나 시간을 주름잡아 주는 것들뿐, 정신 기능에 기여하는 발명품은 없었는데, 그런데 갑자기 과학기술이 인간 두뇌 기능과 천부적 재능을 무화시키는, 즉 인간능력을 초월하는 가공할 단계에 접어들었다니, 글쎄?"

"김형 말을 듣고 보니 정신 기능을 돕는 발명품이라니, 의약품이라면 모를까, 달리 없는 것 같은데. 그런데 인공지능이 등장, 인간 능력을 초월하는 단계에 이르렀다?"

"이왕 시작한 것, 비대면의 역사와 더불어 과학발달이 인간의 몸과 정신에 미쳐온 영향 따위도 함께 살펴 가며 인류의 몸과 정신에 어떤 변화가 일어났는지 그리고 장래 어떤 변화를 가져올 것인지 그 추이도 한번 꼼꼼히 살펴나갈 작정이네."

내가 꿈도 꾸지 못했던 놀라운 방면에 관심을 갖고 거기 공을 들이고 있는 김형이 한없이 부러웠다. 김형은 말을 계속했다.

"얼마 전부터 과학이 종교와 철학을 제치고 인류의 구세주라도 된다는 듯 거들먹거렸지만 어디 종교와 철학을 대신할 만한 정신생활에 기여한 바 있는가. 다만 편리함을 제공, 인간 생활을 점점 피폐화시키는 것 같더니 이제 인공지능까지 등장하여 인류 존망을 걱정하기에 이르다니……?"

김형의 말이 계속 깨달음의 파도가 되어 나를 덮쳐 왔다.

"그래 과학 발달이라는 것이 도구들, 작은 것으로 말할 것 같으면 망치나 드라이버, 펜치 같은 것으로부터 다리의 수고를 덜어주는 마차와 자동차, 시공간을 주름잡아 몸을 이동시켜주는 비행기, 병마를 다스려 생명을 연장시켜 주는 의약품과 의술, 야수와 적을 물리치는 데 필요한 화약과 각종 무기, 컴퓨터와 디지털 기기 등 몸과 직간접적으로 관계를 갖는 것들로 발전되어 오는 동안은 아무 문제가 없었지. 과학이 외형적인 인간의 생활 습관이나 풍속은 바꿔놓을 수 있었지만 옳고 그름이나 정의와 불의 같은 것을 판단하는 내면적인 문제, 즉 정신적인 문제에는 아무런 구실도 하지 못했었는데, 이제 AI의 등장으로 정신까지 좌지우지하게 되었다니, 인간 지능을 능가하는 인공지능이 무소불위 능소능대, 지구를 경영하고 인류 위에 군림하게 된다면, 우리 인간이 삶을 온전히 지탱해 갈 수나 있을지, 원!"

"과학이 도구적 한계를 벗어나면 안 된다는 주장인가?"

"그래. 기상조정, 생명연장 등이 인류에게 구원일까? 자연의 순환법칙, 늘 죽고 새롭게 태어나게 하는 자연의 순환법칙, 이것이 지구 경영의 기본 아닌가. 그리고 인간의 삶이 무엇인가.

희로애락에 목을 매고 희망으로 꾸려가는 것 아닌가. 그런데 이 모든 것을 다 기계가 대신 해결해 준다면 인간은 이제 동작 그만, 존재할 이유가 없어지고 말지 않겠는가."

김형은 술을 벌컥 들이켰다.

"바야흐로 어떤 선지자나 구세주가 나타나 이쯤에서 과학 발달을 저지하는 조치라도 취해 준다면 인간의 삶이 제 궤도를 계속 유지해 갈 수 있을지 모르겠지만, 그런 선지자나 구세주가 나타날 것 같지도 않고, 글쎄!"

김형은 계속 기를 죽였다. 어쨌든 김형의 말을 듣고 보니, 유사 이래 현실을 낙원으로 변화시킬 수 있다는 희망을 한 번도 놓아본 적이 없는 생각하는 동물인 인간이 물질적 풍요와 안락에 만족하지 않고 과학 발전을 계속 추동하여 왔고 마침내 인간의 꿈과 희망을 도외시하는 디스토피아 단계에까지 이르게 되었다는 지적이었다. 따라서 과학이 인류 구원의 제왕으로 군림할 수는 없다는 게 분명해 보였다. 나는 김형의 말에 잔뜩 주눅이 들었다. 자동차며 휴대폰 등 과학이 제공하는 편리함을 누리며 자족해왔지, 그것을 두고 이러쿵저러쿵 시비하는 말을 들어본 것도 처음이었다. 하루하루 별다른 생각 없이 무사안일하게 지내온 내게 김형의 한마디 한마디가 회초리 같았다. 정신이 번쩍 들었다.

밤늦도록 술을 마시며 이야기를 나눈 우리는 이튿날 통영으로 건너갔다.

＊

김형과 나는 강구안 카페 카사블랑카에 앉아 있었다.

바다 끝자락을 따라 활처럼 둥그렇게 휘어져 형성되어 있는 시가지가 내다보였다. 바다를 메워 널따랗게 조성해 놓은 연안의 인공광장을 현지인들은 문화마당이라 일렀다. 문화마당 건너편에 남망산이 운치 있게 앉아 있고 개조 공사가 한창인 연안부두에는 정박해 있던 그 많던 선박들이 한 척도 보이지 않았다. 통영 앞바다, 한산도 연해에서 거둔 한산대첩의 상징물로 연안부두 중앙에 상시 정박해 있던 거북선과 판옥선도 보이지 않았다. 부두 공사가 끝나야 다른 선박들과 함께 거북선과 판옥선도 제자리로 돌아올 것이리라. 이들이 비운 부두가 너무 휑하다 싶은데, 시가지와 맞은편 남망산을 바라보고 있던 김형이 운치가 빼어나다고 감탄했다.

얼마나 앉아 있었을까, 드디어 기다리던 갑골문자 연구자가 나타났다.

김형이 말했던 대로 이순을 넘겼음 직한 왜소한 체구의 여자였다. 김형이 일어나 여자를 정중히 맞이했다. 저런 연약한 여자가 갑골문자 연구자란 말인가. 늙수그레한 남자라야 어

김형의 뒷모습

울릴 것 같은데, 그런 생각을 굴리고 있는 사이 여자가 맞은 편 자리에 앉았다.

"한산도에 십여 년째 거주하고 있는 옛 친굽니다. 멀쩡한 집 버리고 혼자 내려와 사서 고생하고 있는, 좀 별종입니다."

김형이 여자에게 동행한 나를 소개했다. 한산도에 거주하고 있는 친구라는 말에 여자는 잠깐 나를 일별했다. 그러나 곧 눈을 아래로 내리깔았다. 어디를 봐도 갑골문자 상형문자 같은 인류의 비의를 깊이 간직하고 있는 진중한 연구 테마를 붙들고 씨름하는 학자 같지는 않았다. 얼굴에 내력을 써 붙이고 다니는 사람 잘 있으랴만, 향 싼 종이에 향내 난다고 학자라면 아무리 감추려 해도 은연중 표정이나 행동에 학자다운 풍모가 드러나기 마련 아닌가. 여자는 중앙시장 좌판 앞에서 굴을 까고 있는 장사치라 해도 무방할 것 같은 평범한 인상이었다.

주문한 커피가 테이블 위에 놓인 순간까지 여자는 고개를 들지 않았다. 조신한 성품 탓인가. 낯선 사람을 기휘하는 성격 때문인가. 아니면 자리가 불편했던 것인가. 여인에게서 심상치 않은 기운이 감지되었다. 김형은 조심스럽게 여자의 눈치를 살피며 커피를 권했다. 여자는 네, 하고 짤막하게 대답했으나 커피잔에 손을 가져가지는 않았다.

"어제도 말씀드렸지만, 몇 해 전 오 교수로부터 선생님에 관한 말을 듣고 관심을 거둘 수가 없었습니다. 장골도 엄두 내기 힘든 갑골문자 상형문자 연구를 중국 발굴 현장을 드나들며 매달리는 옹골찬 모습에 기가 질렸다 하더군요."

김형의 말에 여자가 고개를 들었다.

"며칠 전 지도교수님의 전화를 받았습니다. 선생님께서 찾아뵐 것이니 가급적 도와주라는 당부 말씀을 주셨습니다."

"오 교수와 저는 근무하는 학교는 다르지만 학회 회원으로 가깝게 지냈습니다. 오 교수는 선생님께서는 생애도 기구하고 남다르다고 했습니다. 선생님 한 가족만 유일하게 거주하는 소혈도라는 작은 섬에서 태어나 이웃 섬 분교에 유학했다더군요. 섬 비탈에 다랑밭을 일궈 밭농사를 짓고 바다를 터전으로 풍랑과 싸우며 해초를 채취하고 고기를 잡아 생활해온 부모님의 억척스러운 모습을 보며 자라 그런 옹골찬 성격을 지닌 것으로 보인다며 혀를 내두르더군요. 통영으로 유학 온 후 중학교에서 한학자를 만나 한문을 습득해가는 과정의 에피소드는 한 편의 전설이나 민담을 듣는 것 같았습니다."

순간 여자의 얼굴이 어두워졌다.

"제가 유명하지는 않지만 진지함에 있어서는 남들에게 질 생각이 손톱만큼도 없습니다. 어제도 말씀드렸다시피 선생님께서 도와주시면 제가 선생님을 주인공으로 감동적인 작품을 한 편 꼭 써 보이겠습니다."

여자가 커피잔을 들어 입술을 축였다. 김형과 나는 벌써 커피잔을 비웠으나 여자가 커피 잔을 입에 댄 것은 그것이 처음이었다. 커피잔을 테이블 위에 다시 놓은 여자는 잔에서 눈을 떼지 않았다. 이윽고 눈을 들고 김형을 바라보는 여자의 눈에 한 줄기 바람 같은 강한 기류가 흐르고 있었다. 다문 여자의 입술이 열리고 거기서 말이 나왔다.

"어제 선생님과 헤어지고 나서 지도교수님과 통화를 했습니다. 아무래도 선생님의 청을 들어드릴 수가 없을 것 같아 양해를 구했습니다. 이 사실을 전화로 말씀드리려다 멀리서 오신 분인데 직접 뵙고 말씀드리는 것이 도리인 것 같아 이렇게 나오기는 했지만……."

여자의 음성이 마치 무슨 돌덩이처럼 단단하다는 느낌이 들었다.

김형의 얼굴이 흙빛으로 굳어졌다. 여자를 쏘아보는 눈에 의혹의 기운이 가득 고였다.

"혹시 무슨 제가 모를 이유라도 있는 것인지……?"

"별 이유는 없습니다. 제가 해 온 일이 세상에 내세울 만한 것인지 잘 모르겠습니다. 거기에다 또 제 신상을 세상에 까발리고 싶지 않아 그렇습니다."

"겸양의 말씀입니다. 선생님이 해 온 연구와 생애는 이 세상 사람들에게 귀감이 되고 깨우침을 줄 것입니다."

"제가 무슨, 저는 그냥 길바닥에 뒹구는 흔해 빠진 돌멩이 같은 존재일 뿐입니다."

"그렇지 않습니다. 선생님은 다이아몬드 원석 같은 존재십니다. 제가 꼭 오색찬란한 광채를 뿌리는 보석으로 빚어내겠습니다."

김형은 아첨의 말을 번드르르하게 늘어놓았다. 김형에게 저런 면도 있었나 싶어 나는 의아한 눈으로 쳐다보았다.

"과찬의 말씀입니다. 저는 그럴 만한 재목도 되지 못하고, 거듭 말씀드리지만 소설과 엮이고 싶지 않습니다."

여자의 말이 내 목에 턱 걸리는 것 같았다. 소설과 엮이고 싶지 않다니, 소설가 둘 앞에서 저게 할 말인가. 차돌 같은 단단한 음성으로 미루어 여자는 마음의 문을 닫고 안에서 자물쇠까지 단단히 걸어 잠근 것 같았다.

김형은 입술을 질끈 깨물었다. 얼굴에 복잡한 표정이 갈마들며 눈을 감았다.

"소설과 엮이는 것이 싫다니, 혹시 소설을 정치인들이 입에 달고 사는 거짓부렁이 정도로 잘못 알고 계시는 것은 아닌지 모르겠군요?"

잠시 후 눈을 뜬 김형이 진중한 목소리로 물었다.

"소설을 잘못 알고 있는지 모르겠다니요?"

"왜 있지 않습니까. 정치인들이 국회에서 입씨름을 할 때나 선거철에 서로 소설 쓰고 있네, 소설 같은 말을 하고 있네, 공방을 벌이는 걸 흔히 보지 않았습니까. 혹시 이 선생님도 그런 정치인들처럼 소설에 대해 잘못 생각하고 계신 것은 아닌지, 그래서 소설과 엮이는 것이 싫다는 것 아닌가 해서 해본 말입니다?"

"아닙니다. 저는 소설에 대해 세상 사람들이 알고 있는 일반적인 상식 정도밖에 모르고 있습니다. 다시 말씀 드리지만 세상에 저를 드러내고 싶지 않은 것이 제 솔직한 심정입니다."

"이 선생님을 드러내다니요. 그건 기우입니다. 갑골문자와 상형문자의 발명과 문자사용 과정을 통해 인류 생활의 변화를 중점적으로 그려나갈 예정입니다."

"갑골문자와 상형문자 연구로 학위를 받은 사람이 어디 몇이나 됩니까. 그걸 읽으면 소설 속 인물이 나라는 걸 이 계통 인사들은 금방 알아차릴걸요."

"세상 사람들 입길에 오르내리기 싫다, 그런 말씀이군요?"

"입방아에 오르내려 좋을 게 뭐 있겠습니까. 더구나 제가 사는 이 지역 사람들 입이 얼마나 무섭다고요. 소설은 없는 사실도 이러쿵저러쿵 지어낸다는데, 저는 조용히 지내고 싶습니다."

여자는 거듭 결심을 굳힌 듯 입술을 꾹 다물었다.

"그러니까 제가 결국 정치인들이 입에 달고 사는 거짓부렁이 소설 나부랭이나 쓸 것으로 여기고 계신 모양이군요?"

여자는 대꾸 없이 고개를 숙였다.

당황한 빛이 확연한 김형은 어찌할 바를 모르고 잠시 허둥댔다. 김형은 다시 표정을 가다듬고 자신이 구상하고 있는 작품 줄거리를 엮어가며 주인공 여자를 선생님과 전혀 다른 사람으로 그려나가겠으니 갑골문자와 상형문자 연구 과정에 얽힌 에피소드를 소개해 달라고 거듭 간청했다.

그러나 여자는 고개를 들지 않았고 미동도 하지 않았다.

다혈질적인 본색을 드러냈다고나 할까, 여자의 거절에 분개했던지 김형은 열변을 토해 놓았다.

"……학위를 받은 학자라면 자기 본분을 다해야만 하는 것입니다. 학자는 개인에 그치는 것이 아닙니다. 사회적 공공자산과 다름없는 것입니다. 학자가 습득한 지적 자산은 반드시 사회에 이롭게 쓰여야 하는 것입니다. 이 선생님이 지니고 있는 지적 자산 또한 사회에 이롭게 쓰이도록 제가 힘을 보태겠다는 것입니다. 선생님은 저의 청을 가납해야 합니다."

여자는 입술을 더 꾹 다물 뿐 아무 대꾸도 하지 않았다.

옆에서 지켜보고 있는 내가 답답했다. 여자는 자신이 소설로 다뤄지는 것을 경계하는 것이 분명했다. 서당을 열고 지역사회 사람들에게 한문을 가르치고 있을 뿐 다른 사회활동은 일절 하지 않는다고 했다. 평소 사람을 경계하고 멀리하는 자폐적 성격을 지닌 것이 아닌가 싶었다. 매사 걱정을 달고 사는 사람, 부닥쳐보기도 전에 뒷걸음부터 치는 사람, 여자는 아마 그런 성격을 지니고 있는 것 같았다. 끝내 걸어 잠근 문을 열지 않고 여자는 먼저 자리에서 일어났다. 김형은 통로를 지나 카페를 나가고 있는 여자의 뒷모습을 망연자실 멍한 눈으로 바라보고 있었다.

술집으로 자리를 옮긴 김형은 치밀어 오르는 울화를 삭이지 못한 듯 거푸 술잔을 비워댔다. 옆에서 보고 있기가 민망할 정도로 김형은 흥분을 감추지 못했다. 작품 집필에 대한 기대가 컸던 모양이었다. 만년을 장식할 만한 의욕적인 작품이 될 것으로 굳게 믿고 내려온 것 같았다. 그런데 작품 집필의 첫 관문에서 차갑게 거절당하고 말다니 분통이 터지는 모양이었다. 필경 오랜 기간 작품 구상에 몰두했으리라. 김형의 평소 신념과 작품에 관한 결벽증을 감안할 때 한 시대를 올곧게 상징할 수 있는 유의미한 작업이 되리라 기대와 자부심을 가졌을 것임에 틀림없었다. 그렇지 않았다면 이곳 통영까지 먼 길을 마다하지 않고 내려왔을 리 없었다.

가급적 고개를 숙이고 남과 눈 마주치는 것을 부담스러워하던 여자를 상기하며 나는 여자가 공황장애에 시달리고 있거나 대인기피 성향이 있는 게 아닌가 생각했다. 갑골문자 등 한자 분야에만 외곬으로 매달릴 뿐 다른 분야에는 관심을 두지 않고 세상과 담을 쌓은 채 오로지 자기 내면과 속삭이며 판단하고 행동하는 그런 여자가 김형에게 별로 도움이 되지 않을 것 같았다. 나는 위로가 될 것 같지 않은 그런 말로 김형을 다독였다.

그러나 김형은 고개를 절레절레 저었다. 김형은 내게는 권하지도 않고 두 병째 술을 시켰다. 술 두 병을 비운 후 김형의 울화는 방향을 바꿔 폭발하기 시작했다.

"세상이 소설을 무시하는 데는 일차적 책임이 작가들에게 있는 것은 부인할 수 없어. 요즘 어디 제대로 된 읽을 만한 소설 있어? 하지만 그 책임이 작가들에게만 있다고 단정할 수는 없는 일이기는 하지. 사람들이 얼마나 흥청망청인가. 여행이다, 스포츠다, 영화다, 게임이다 각종 오락물이 넘쳐나고 있는데 소설이 눈에 들어오겠어. 그뿐만 아니지. 디지털매체와 영상매체 기승은 또 어쩌고. 하지만 뭐니 뭐니 해도 소설에 대한 세상 대접이 이렇듯 한심스러워진 데는 정치하는 작자들 입방정 탓이 젤 클 거야. 거짓부렁이를 입에 달고 선동질이나 해대는 정치 모리배들, 제 놈들 방패막이로 소설이 거짓말의 원조나 되는 것처럼 이리 붙이고 저리 때우며 활용하는 바람에 소설이 갈데없이 거짓말과 대등한 위치로 전락하고 말았지. 사정이 이런데 누가 소설을 진지하게 대접하려 들겠나?"

어쩌다 뉴스를 접할 때, 정치한다는 작자들이 질의응답 중,

거짓말에 빗대 소설 운운하는 것을 볼 때면 울화가 치밀어 머리꼭지가 도는 것 같았다. 분통이 터져 그 입에 주먹이라도 쑤셔박고 싶은 적이 한두 번이 아니었다. 살이 떨리고 눈앞이 캄캄해지기도 했다. 나만 그랬던 것이 아니라 김형 또한 그랬던 모양이었다.

"유형, 「사람에게는 얼마만큼의 땅이 필요한가?」라는 톨스토이 작품과 「야릇한 관념」이라는 헤르만 헬퍼의 작품 알지?"

나는 고개를 끄덕여 보였다.

"나는 학생들에게 이 두 작품을 자주 소개하고는 했다네."

'소작을 부치던 가난한 농부 바홈은 천신만고 끝에 자기 땅을 조금 가지게 되었다. 소작농에서 가까스로 지주가 되었으나 가진 것에 만족하지 못했다. 더 넓고 비옥한 땅을 가진 부농이 되고 싶었다. 욕심을 버리지 못한 그는 더 넓고 비옥한 땅을 손에 넣기 위해 어느 날 집을 나섰다. 욕심은 여행의 고달픔도 잊게 했다. 힘에 겨운 여행 중 그는 마침내 비옥한 땅 빠시끼르 평원에 당도했다. 행운이 그곳에서 바홈을 기다리고 있었다. 1천 루블을 지불하고 해가 뜰 때 출발해 해가 지기 직전까지 출발지점으로 돌아오면 거쳐 온 지역의 드넓은 평원을 다 준다는 것이었다. 다른 까다로운 조건은 없었다. 해가 지기 전, 즉 해가 하늘에 있을 때 출발지점으로 돌아와야 한다는 것이 유일한 조건이었다. 이런 손쉬운 행운이 어디 있겠는가. 1천 루블을 지불한 바흠은 이튿날 마을 사람들이 지켜보는 가운데 해가 뜨기를 기다렸다가 마침내 평원을 향해 출발했다. 좀 더 많은 땅을 차지하기 위해 그는 멀리 더 멀리, 계속 나아갔다. 기름진 분지가 눈에 들어오면 먼 것을 상관하지 않고 걸음을 서둘러 그곳을 돌아오고는 했다. 땀이 솟아나고 목이 탔다. 그러나 상관하지 않았다. 배가 고팠으나 좀 더 멀리 돌아오기 위해 걸음을 서두를 뿐이었다. 지쳐 금방 쓰러질 것 같았으나 남은 힘을 최후의 한 방울까지 쥐어짜가며 한 걸음 한 걸음 앞으로 나아갔다. 그는 해가 서쪽 평원으로 꼴깍 넘어가기 직전 요행히 출발지점으로 되돌아왔다. 그가 돌고 온 땅은 다 그의 소유가 되었다. 그러나 바흠의 행운은 거기가 끝이었다. 하인의 극진한 간호를 받았음에도 불구하고 지쳐 쓰러진 바흠은 안타깝게도 그만 피를 토하며 그 자리에서 절명하고 말았다. 바흠이 차지한 땅은 그가 묻힌 겨우 3아르신, 약 20평방미터에 지나지 않았다.'

「야릇한 관념」이라는 작품은 이 시대를 상징함에 있어 더 의미심장한 편이었다.

'농장에서 일하는 제프는, 매일 오후 다섯 시가 되면 새끼 송아지를 들어 올리고는 했다. 매일 송아지를 들어 올리다 보면, 그것이 다 자라 암소가 되었을 때도 들어 올릴 수 있지 않겠는가! 제프는 그런 엉뚱한 희망을 품고 있었다. 그는 새끼 송아지가 3백 파운드가 넘은 중송아지가 될 때까지 들어 올리기를 계속했다. 그러던 어느 날부터 농장에 제프의 모습이 보이지 않았다. 얼마 후 집으로 편지가 왔는데, 귀여운 새끼 하마를 들어보고 싶어 서커스단을 따라다닌다는 것이었다. 송아지처럼 새끼 하마도 매일 들어 올리다 보면 그것이 다 자라 어미가 되었을 때도 들어 올릴 수 있지 않겠는가, 그런 자신감을 당당히 피력하고 있었다. 그로부터 석 달이 지난 어느 날 서커스단 편지지에 보안관이 쓴 편지 한 통이 그의 집으로 날아들었다. 하마를 들어 올리다 넘어진 제프가 하마의 발에 심장이 눌려 죽고 말았다는 슬픈 내용이었다.'

"세상에 이보다 더 새빨간 거짓말이 어디 있겠나. 아무리 땅이 흔한 러시아 대평원이라 해도 그렇지. 1천 루블을 지불하고 아침 해가 뜰 때 출발해 해가 지기 직전까지 돌고 온 땅을 전부 차지할 수 있는 곳이 어디 있단 말인가. 게다가 새끼 때부터 매일 들어 올린다고 해도 어미 소나 어미 하마를 들 수 있다고 믿는 그런 어리석고 무모한 사람이 세상 어디 있겠어. 하지만 이 소설들이 어디 새빨간 거짓말에 그치고 마는 것인가. 앞의 바홈의 탐욕은 아무리 채우고 채워도 끝내 채워지지 않는 인간의 근원적 욕망의 무서움을 우리더러 깨우치라고 제시한 상징이고, 뒤의 제프 일화는 무엇엔가 유도된 욕망의 함정을 우리에게 제시하고 경계하라 한 것 아니겠나."

고개를 끄덕이고 있는 나를 바라보며 술잔을 비운 다음 김형이 계속했다.

"유형도 잘 알다시피 근원적 욕망은 인간을 맹목적이게 만들어 파멸에 이르게 하기 십상이고 도박이나 향정신성약품에 빠지거나 문명의 이기로부터 비롯된 유도된 욕망 또한 사람을 자칫 파멸에 이르게 하지 않는가. 두 작품은 이에 대한 무서운 경고를 우리에게 적실히 보여주고 있는 것인데, 그렇지 않은가? 탐욕 즉, 근원적 욕망을 절제하지 못해 파멸에 이른 사람이 어디 한둘인가. 카지노, 모르핀, 대마초 같은 것에 '유도된 욕망'의 노예들이 또한 이 세상에 얼마나 많이 널려 있는가. 그렇다면, 위의 두 소설이 제시하고 있는 상징과 비유를 새빨간 거짓말이라고 어찌 폄훼만 할 수 있단 말인가? '소설'이 무엇인가? 인류가 지혜를 모아 고안하고 오래 활용해온 최상의 윤리적 각성 장치 중 하나가 아닌가."

김형의 지적이 백번 옳았다. '소설 쓰기'를 삶의 필연적 이유로, 생활의 고통을 견뎌가며 50년 가까이 소설가로 버텨온 터였다. 정치하는 작자들이 '소설'을 거짓말에 빗대 운위하는 걸 들을 때마다 우리가 어찌 흥분하지 않을 수 있겠는가.

"유형도 알다시피 우리 동양에서는 예부터 인간의 행동을 모식(謀食)과 모도(謀道)로 분별해 사유해오지 않았나?"

김형이 무슨 말을 하려는지 알 것 같았다. 옛날부터 권세와

부의 축적 같은 이기적 삶의 방편을 모식이라 하고, 덕을 쌓고 베풀며 세상을 이롭게 하는 삶의 방편을 모도라 일렀다. 모식은 오로지 자기만을 위하는 이기적인 삶의 방편인 데 비해 모도는 이웃과 세상을 위해 자기를 희생하는 자애의 방편이라며 추킴을 받았다. 그래서 모식을 소지(小知), 모도를 대지(大知)라 구별했다. 그리고 권세와 재산을 얻는 데 유용하게 쓰이는 능력을 재(才)라 하고, 도를 추구하여 세상을 이롭게 하는 데 쓰이는 경지를 덕(德)이라 구분해왔던 것이다.

"정치한다는 작자들 궁극적 지향점이 무엇인가. 모식 아닌가. 하지만 소설의 궁극적 지향점이 어디인가. 모도에 있는 것이네. 그래 거짓 선전 선동을 방편으로 살아온 제 놈들이 소설을 알면 얼마나 안다고, 소설! 소설! 입에 달고 사는지, 원!"

김형은 이윽고 땅이 꺼져라 한숨을 폭 내쉬며 고개를 절레절레 저었다.

"아무튼 소설이 세상으로부터 제대로 대접을 받는 세상이 다시 돌아와야 할 텐데! 이번에 올라가면 내 남은 생애는 정치하는 작자들이 소설을 제대로 알게 하는 일에 다 바쳐야 하지 않을까 싶네! 그래 거짓 선전 선동을 방편으로 살아온 제깟 놈들이 소설의 진솔한 면목을 어찌 쉽게 알아보기야 하겠나만…… 역시 허망한 도로에 그칠 것인가, 무식한 것들이!"

　시외버스터미널까지 동행한 나는 서울행 고속버스에 탑승하는 김형을 배웅했다. 김형의 뒷모습이 몹시 쓸쓸해 보였다. 어떤 난관이나 장애가 닥치더라도 그것을 극복하는 것을 오히려 즐기는 적극적인 성격을 지닌 김형이 일단 구상한 작품을 중도 포기하지는 않을 것이리라. 통영에서 겪은 쓰라린 거절을 반면교사 삼아 반드시 더 진중한 그림을 찾아내 작품을 완성하고 말 것이리라. 그런 상념을 되작거리고 있는 사이 고속버스가 후진하여 터미널을 빠져나가고 있었다.

혼자 나는 새가 갖추어야 할
다섯 가지 조건

1.

1980년대 중반 어느 해 봄⋯⋯.

인경의 전화는 뜻밖이었다. 영후는 빙벽 등정 중 예상하지 못했던 장애물을 만났을 때처럼 아뜩하였다. 순간 민수를 너무 오래 잊고 지냈다는 자책감에 가슴이 뜨끔했다. 마칼루에서 실종된 민수의 시신을 찾기 위해 수색대로 나섰다가 실패하고 귀국했던 쓰라린 기억이 상기되고, 눈앞이 캄캄해졌다. 고산병의 엄습으로 손가락 하나 움직일 기력도 없으면서 함께 수색을 계속하겠다고 몸부림치던 제2캠프에서의 인경의 모습이 아프게 떠올랐다. 민수가 추락한 지점에 임시 캠프를 설치하고 3일 동안이나 덕배와 함께 일대를 이 잡듯 샅샅이 수색했으나 시신은커녕 유류품 한 점 발견하지 못하고 끝내 철수할 수밖에 없었던 쓰라린 기억도 되살아났다. 한사코 혼자 히말라야에 남겠다고 고집을 부리던 인경을 달래 귀국길에 오르기까지 얼마나 속을 썩이고 애를 먹었던가. 다음에 수

색대를 꾸려 다시 민수를 찾으러 오자는 영후의 간곡한 설득과 굳은 약속에 인경은 마지못한 듯 고집을 꺾고 함께 귀국길에 올랐었다. 귀국 후 자이언트 대원들과 함께 인수봉 자락에 있는 민수의 추모비를 찾은 인경은 그 추모비 앞에서 고개를 숙이고 한없이 회한의 눈물을 뿌렸었다. 그것이 영후가 본 인경의 마지막 모습이었다. 1차 마칼루 원정 때 그곳 세락(serac, 氷塔) 지대에 누워 설산의 독수리와 영원한 벗이 된 김민수. 그의 이름과 짤막한 추도문이 음각된 윤기 없는 오석(烏石) 앞에서 눈물을 뿌리고 쓸쓸히 헤어진 것이 벌써 7, 8년 전의 일이었다.

"영후 씨, 저 인경이에요."

아, 강한 전류 같은 것이 전신을 훑고 지나갔다.

"K2 등정에 성공했다는 소식, 신문에서 봤어요. 몸 풀렸으면 한번 만났으면 해요?"

반색을 해야 했는데, 인사 한마디 제대로 하지 못하고 허둥거렸다. 경황없이 인경이 지정한 시간에 광화문 카페 안나푸르나로 나가겠다고 대답하고 전화를 끊었다. 전화를 끊고도 한동안 꼼짝을 할 수가 없었다. 이마를 쓰다듬은 그의 손에 진땀이 묻어났다.

수족관에 들어선 것처럼 카페 안은 서늘했다. 벽을 따라가며 유리로 된 방이 몇 칸 잇대어 있었다. 홀 가운데는 통나무

탁자가 은은히 간접 조명을 받으며 가로놓여 있고 그 앞에는 방석이 깔린 통나무 재질의 낮은 의자들이 놓여 있었다. 귀에 익은 모차르트 4중주곡이 잔걸음으로 홀 안을 종종거리고 있었다.

먼저 온 인경은 유리방 안에 앉아 담배를 피우고 있었다. 커피잔은 이미 비어 있었다. 재떨이에는 꽁초 몇 개가 뒹굴고 있었다. 영후는 부지불식간에 팔목의 시계를 보았다. 약속 시간에서 겨우 1분 정도 지나 있었다. 영후는 인경의 시선을 온몸으로 느끼며 그녀의 맞은편에 거북하게 앉았다. 마주 앉은 순간 7, 8년이란 시간의 부피가 육중하게 가슴을 짓눌러 왔다.

"전화를 오랫동안 망설였는데, 막상 통화를 하고 보니 견딜 수가 있어야지요. 그래서 먼저 나왔어요."

그동안 연락 한번 하지 않은 것이 죄밑이 되어 영후는 말문이 막혔다. 연락을 하지 않은 것은 괴로운 기억을 상기하지 않으려는 방편이기는 했다. 만나 봐야 서로 위안이 되기보다 고통이나 되작이게 될 것을, 어찌 서로를 괴롭히는 짓을 할 수 있겠는가, 그런 생각이 없지 않았다. 그렇지만 세상 일이 어디 꼭 그렇기만 하겠는가. 어쨌든 연락을 두절하고 지낸 것은 잘한 일이 아니었다. 하기야 종종 인경의 근황이 궁금하기는 했다. 그녀의 행방을 알고 싶은 충동을 느낄 때도 있었다. 그럴 때마다 무엇인가 검은 기운이 매번 그 충동을 가려버리고는 했다. 실체를 알 수 없는 그 검은 기운은 완강했다. 인경과의 연락두절에 내심 안도하고 지내온 자신이 민망스러웠다.

뜻하지 않았던 인경의 전화! 긴 세월, 망설임 그런 헛헛한 기운이 다시 가슴속에 서늘한 바람을 일으키며 지나갔다. 영후는 안부를 물었다. 인경은 잘 지내고 있다고 대답하며 미소를 지었다. 낯익은 미소가 도리어 영후는 불편했다. 저 미소뒤에 무슨 감정을 숨기고 있는 것일까. 인경은 새 담배에다 불을 당겨 연기를 피워 올렸다. 담배가 반 정도 타들어갈 때까지 아무 말이 없었다. 영후가 먼저 무슨 말을 꺼내기를 기다리는 것인지, 할 말을 속으로 가다듬고 있는 것인지 종잡을 수가 없었다. 인경의 침묵 앞에 영후는 막막했다. 그의 머릿속에 산이 가득 펼쳐졌다. 타조처럼 거칠고 빠른 발을 가진 돌풍이 뭉게구름처럼 설분(雪粉)을 일으키며 내닫는 설산이, 올라가야 할 루트는 눈을 부릅뜬 마왕이 몽둥이를 들고 앞을 가로막고 있고, 내려가는 루트 역시 도무지 천사의 도움을 기대하기 힘든 수천 길의 깎아지른 듯한 험난한 빙벽. 지금 그는 그런 진퇴양난의 빙벽에 붙어 신뢰가 가지 않는 불안한 홀드에 자일을 걸고 아이젠의 발톱으로 빙벽을 찍어 누르며 겨우겨우 몸의 균형을 유지한 채 전전긍긍하고 있을 때와 다름없었다.

2.

영후는 사고 당시의 기억이 흐릿했다. 그 기억은 맞추기 힘든 퍼즐처럼 혼란스러웠다. 가능하다면 그 기억을 지워버리고 싶었다. 사고 당시의 상황은 대처할 방법이 지난했다. 세 차례의 정상 도전 실패, 본부의 철수 지시를 받고 하강을 시작했으나 몸에는 이미 한 방울의 힘도 남아 있지 않았다. 자일에 의지해 겨우 아이젠으로 빙벽을 찍으며 한 발 한 발 내려딛는 영후의 팔과 다리는 기력은 이미 쇠잔해 있었고 몸은 돌덩이처럼 굳어 갔다. 감각은 물론 의식도 먼 산 너머로 사라져 가는 메아리처럼 멀어져 갔다.

판단 기능이 마비된 영후는 몸의 사정에 따라 움직일 수밖에 없었다. 숨이 차면 희박한 산소를 들이켜기 위해 한껏 코를 벌름거렸고, 발이 빙벽에서 떨어지지 않을 때는 한참 동안씩 힘없이 서서 버텼다. 다시 정신을 가다듬은 영후는 오른발 아이젠이 벗겨지고 없는 민수가 디딜 스텝을 만들며 한 피치 한 피치 조심스럽게 내려왔다. 발 디딜 스텝을 거듭 얼마나 만들었을까, 이윽고 한 피치의 지점에 이른 것인지 자일이 팽팽해졌다. 영후는 위를 향해 내려오라고 소리쳤다. 민수의 응답이 없었다. 다시 더 크게 외쳤다. 역시 아무 응대가 없었다. 오버행에 가린 것인가, 민수가 보이지 않았다. 다시 민수를 부르며 영후는 자일을 흔들었다. 어찌 된 영문인지 자일이 힘없이 스르륵 내려왔다. 카라비너에 의해 민수와 엮어져 있어야 할 자일이 힘없이 미끄러져 내려와 낭떠러지 아래로 툭 떨어졌다. 영후는 자신도 모르게 들고 있던 나이프를 내동댕이쳤다. 나이프는 발아래 아득한 크레바스 지대로 떨어졌다. 그 금속성이 아련히 귓전을 스쳐갔다. 순간 영후는 몸을 부르르 떨었다. 일시 머릿속이 암전되며 모든 상념과 기억이 지워졌다. 아무리 의식을 뒤적여 봐도 자신이 나이프로 자일을 끊은 기억은 없었다. 그런데 왜 손에 나이프가 들려 있었는지 모를 일이었다. 나이프는 아이스하켄을 박고 자일을 고정시키거나 스텝을 만드는 데 필요한 도구가 아니었다.

전후 사정을 따져 봤으나 아무래도 모를 일이었다. 어느 순간부터 자신이 나이프를 쥐고 있었는지, 그렇지 않은지 확신이 없었다. 자일이 미끄러져 내려와 낭떠러지 아래로 툭 떨어지고 민수가 보이지 않자, 자신의 손에서 나이프를 환각처럼 본 것이 아닌가, 그리하여 의식이 나이프를 부랴부랴 크레바스 지대로 버린 것이 아닌가, 그런 의구심이 들었다. 영후는 사고 당시를 돌이켜보고 싶지 않았다. 자신의 기억보다 신문 기사나 덕배의 글을 통해 사고 당시의 정황을 더 소상히 알게 된 것으로 믿고 싶었다. 자신의 기억을 신뢰할 수 없는 대신 신문 기사나 덕배의 글이 더 믿음직스러웠다.

사고 당시 베이스캠프에서 망원경으로 공격조의 일거수일

투족을 체크하고 있었던 덕배는 사고 전말을 마치 손금을 들여다보듯 환히 알 수 있게, 자신의 추측까지 보태가며 꼼꼼히 묘사하여 월간 『산』에 게재했었다. 인경도 아마 신문 기사와 덕배의 글로 사고 당시의 정황을 파악하고 그대로 믿고 있으리라. 그렇지 않고서야 사고 현장에 있었던 영후에게 어찌 지금까지 한마디도 묻지 않고 있었겠는가. 아니면 자일 파트너를 빙산에 묻고 혼자 돌아온 이쪽의 아픈 데를 건드리지 않으려는 배려에서 입을 닫고 있었던가. 어쩌다 사고 당시의 정황을 인경이 물어 오면 자신이 믿고 싶지 않은, 자신의 기억대로 다 말하게 될까 봐 영후는 내심 두려웠다. 그래서 인경이 먼빛으로만 보여도 가슴이 두근거리고는 했다. 이렇게 두 사람이 마주 앉아 있는 지금, 사고 당시의 정황을 세세히 따져 물을까 봐 속으로 긴장의 끈을 놓지 않았다.

어쨌든 덕배의 글은, 살아온 자의 비겁을 용기로 대체하여 옹호하며 희생자의 용기를 칭송하는 배려로 충만해 있었다. 그러나 덕배의 각별한 옹호에도 불구하고 영후는 그때의 일만 상기되면 고통스러웠다. 사람들은 한결같이 영후의 '어쩔 수 없었던 불가피한 상황'을 이해하고 격려하며 그 악몽으로부터 벗어나도록 도우려고 애를 썼다. 주위의 그런 배려가 영후는 도리어 부담스러웠다. 누군가 '혼자 살아 돌아온 자'의 비겁을 맹렬히 질타하기라도 했다면, 마구잡이로 욕을 퍼붓고 때리고 짓밟기라도 했다면 도리어 후련했으련만, 그런 충동을 느끼기도 했다.

3.

작은 산새 한 마리가 바로 지척의 오리나무 가지에 앉아 울고 있었다. 청을 뽑아 올릴 때마다 갈잎 빛깔의 작은 몸통이 진동하였다. 꽁지깃을 치켜올리며 온몸으로 청을 뽑아 올리는 것이 몹시 힘겨워 보였다. 저토록 애타게 노래 부르지 않으면 안 되는 까닭이 무엇일까. 어디서 날아왔는지, 이제 어디로 날아갈 것인지, 철이 바뀌면 또 한 철을 보낼 곳을 찾아, 아주 먼 고장으로 날개가 지치도록 고달픈 여행을 계속 이어가지 않으면 안 되는 것은 아닌지, 볼수록 안쓰러웠다. 갈잎 빛깔의 작은 산새는 문득 노래를 그쳤다. 날개를 펴더니 후르륵 날아 소나무 가지 사이로 모습을 감추었다. 작은 산새가 모습을 감춘 순간 정적이 쨍 귀청을 울렸다. 산새의 종적을 더듬어 소나무 가지 사이를 살피던 인경의 눈에 인수봉 동편 벽이 그림을 오려 붙인 듯 띄엄띄엄 보였다. 눈에 익은 취나드A 코스와 우정길C 코스가 식별되었다. 암벽 군데군데 록클라이머들이 거미처럼 붙어 있던 주말과는 달리 주초라서 그런지 한 사람도 보이지 않았다.

이윽고 인경은 걸음을 내디뎠다. 몇 차례 산굽이를 돌아나가거나 비탈길을 오르내리던 인경은 급기야 암벽 아래에 이르렀다. 고개를 뒤로 젖혀 눈이 닿는 데까지 암벽을 쳐다보았다. 일순 머리에서 발끝까지 전율이 훑어 내렸다. 너무 오랜만이어서 하켄을 박으면 암벽이 자신을 거부하지 않을까. 쓰다듬고 달래고 어르며 신중히 접촉을 시도하리라. 잠시 암벽을 탐색하던 인경은 '하늘길'과 '동양길' 코스를 염두에 그리며 바위에 붙었다. '하늘길'과 '동양길'은 이미 여러 번 올랐던 코스였다. 어디에 어떤 암장이 있고 어떤 장애가 있는지 머릿속에 선명히 새겨져 있는 익숙한 코스였다. 어디쯤에 하켄을 박고 확보물을 설치해야 할지, 몇 피치 올라가면 바람의 기운이 달라진다든지, 어디쯤에서 돌아다보면 수유리 일대의 집들이 장난감처럼 아득히 내려다보인다든지, 다 알고 있었다. 그러나 아무리 친숙한 코스라도 일단 암벽에 붙으면 팽팽히 긴장되었다. 방심은 금물이었다. 긴장과 조심만이 슬립을 예방했다. 자일에 몸을 의지하고 있다 해도 작은 부주의로 인한 5미터가량의 추락만으로 치명상을 입을 수 있었다. 익숙한 코스에서의 사고는 방심이 그 원인이었다. 인경은 오래전 암벽타기 훈련과정에서 귀에 못이 박히도록 들었던 민수의 주의사항을 거듭 상기하며 암벽을 오르기 시작했다.
　낯익은 동작의 반복 때문인가, 얼마 오르지 않아 의식을 벗어버린 몸이 스스로 자유롭게 움직이기 시작했다. 의식이 조종하지 않아도 몸이 스스로 알아서 이동하였다. 모든 촉수가 자동 조절된 인경의 몸은 바위와 자연스럽게 조화를 이루었다. 순간 친숙한 그러나 만나기 쉽지 않은 고양감이 온몸을 짜릿하게 타고 흘러내렸다. 박하향보다 더 감미롭고 신비로운 이런 정신적 감각을 만나기 위해 위험을 무릅쓰고 바위를 타는 것이겠거니, 낯익은 기억이 되살아났다. 그 낯익은 옛 기억에 겹쳐 민수의 모습이 떠올랐다. 그리고 조금 전 그의 이름 석 자와 그의 '산사랑'을 나타낸 짧은 문장을 새긴 추모비 앞에 서서 그의 부재를 원망했던 순간이 떠올랐다.

그해 여름, 방학 동안 인경은 중앙도서관에 붙박이로 지냈었다. 학과 공부에 등한했던 인경은 유학을 앞두고 어학 공부가 시급했다. 유학 준비를 위해 어학원에 등록하고 낮이면 도서관에 틀어박혀 어학 공부에 매달렸다. 그날도 중앙도서관에서 공부를 하고 나오던 길이었다. 4·19 기념탑을 지나 자유관 쪽으로 내려오던 인경은 문득 걸음을 멈추었다. 자유관 벽에 거미처럼 사람이 붙어 있었다. 로프를 타고 바람처럼 가볍게 벽을 올라간 그 괴이쩍은 사람은 7층 유리문 안으로 쏘옥 들어갔다. 며칠 후 비슷한 시간에 도서관에서 내려오던 인경은 자유관 벽에 붙어 있는 그 괴이쩍은 사람을 다시 목격했다. 바람처럼 가볍게 벽을 타고 올라간 그 사람은 전날처럼 7층 유리문 안으로 냉큼 사라지고 말았다. 그가 사라진 7층 유리문을 멍하게 쳐다보고 있는 사이 무슨 응답처럼 그가 상체를 나타냈다. 재빨리 로프를 감아올린 후 그는 다시 안으로 모습을 난딱 감추고 말았다.

그가 사라진 유리문을 한동안 쳐다보고 있던 인경은 도서관에서 낯을 익힌 한 학생으로부터 자유관 벽을 타고 오르내리는 그 괴이쩍은 인물의 신상 명세를 어렵지 않게 알아낼 수 있었다.

그 친구는, 김민수라는 이름의 신문방송학과 학생으로 이념 서클에도 열심이지만 교내 산악회 리더로 활동하고 있으며 록클라이머로서의 실력은 전문가들로부터도 널리 인정받고 있다고 했다. 그럼에도 특출해 전국 대학 미전에서 장관상을 수상하기도 한 유명 짜한 인물이라는 것이다. 이슈가 발생할 때면 이념 서클의 학생들이 그를 찾았고, 이념 서클에서 필요로 할 경우 기꺼이 포스터를 그려주거나 현수막의 글씨를 써주기도 했으며, 백두대간 종주를 마치고 알프스 원정도 다녀왔다는 것이다. 붕괴를 우려하여 노후한 자유관을 학교 당국에서 폐쇄하자 그 맨 꼭대기 층에 둥지를 틀고 기거하고 있는데, 그가 그 둥지에 틀어박혀 무슨 짓을 하고 있는지 모두들 궁금해 하고 있는, 기이한 물건이라는 것이었다.

호기심이란 이성을 마비시키는 것인가. 관심의 촉수가 그에게로 뻗어 가자 도서관에 앉아 있는 것이 인경은 힘들었다. 책을 봐도 눈에 잘 들어오지 않았다. 수백수천 마리의 개미 떼가 새카맣게 벽을 타고 오르는 형상이 시야를 가려 왔다. 견딜 수 없게 된 인경은 마침내 작정을 하고 자유관으로 통하는 오솔길에서 그를 기다렸다. 하루이틀 허송했으나 물러서지 않았다. 품은 뜻을 이루려면 반드시 인내라는 대가를 지불해야만 함을 일찍부터 터득하고 있던 인경은 조급해하지 않고 길목에서 그를 기다렸다. 인내심이 주요했던지 삼 일째 되던 날 드디어 그의 발목을 낚아챌 수 있었다. 4·19 기념탑이 있는 잔디공원의 기다란 목재 의자에 앉아 있던 인경의 눈에 자유관 벽을 타고 다람쥐처럼 쪼르르 내려오는 그의 모습이 들어왔다. 벌떡 일어난 인경은 청룡호수 쪽으로 돌아가려는 그에게로 급히 달려가 앞을 가로막았다.

"아, 잠깐만. 혹시 세상을 장난감 정도로 우습게 여기는 것 아닙니까?"

말을 붙이며 재빨리 그를 뜯어보았다. 머리 위의 청명한 하늘이 그의 눈동자에 고여 있었다. 길고 선명한 콧날은 얇은 입술과 함께 어딘지 세상에 대한 의견이 많은 이지적인 인상을 던졌다. 군살 없이 쪽 빠진 몸 구석구석에 벽을 타고 오를 때의 날렵한 동작이 잠복해 있으리라.

민수는 반사적으로 주위를 둘러봤다. 두 사람을 눈여겨보고 있는 사람은 없었다. 경계하는 눈빛으로 상대를 살폈다. 혹시 세상을 장난감 정도로 우습게 여기는 것 아닙니까? 도발적이었다. 그렇다고 할까, 아니라고 할까, 망설이는 순간 여자가 먼저 입을 열어 말머리를 돌렸다.

"벽을 오르는 모습이 오만해 보였어요."

청바지에 타이트한 티셔츠 차림인데도 몸매의 굴곡이 드러나지 않고 음전해 보였다. 어딘가 감정보다 이성을 중시하는 깐깐한 인상이었다. 이런 인상의 여자가 낯선 남자에게 말을 걸다니, 의아스러웠다. 그러나 얼굴 가득 피어 있는 우호적인 미소가 경계심을 풀어주었다.

"벽을 오르는 모습이 오만해 보였다니, 어쩐지 나쁘게 본 것 같지는 않습니다."

"그럼요. 어디 흔한 일인가요. 저런 사람한테는 무슨 일이든 세상이 다 져줄 수밖에 없겠다, 저는 그런 생각이 들더군요."

"그래요. 아름다운 여자 분에게서 그런 우호적인 말을 듣다니 뜻밖입니다. 대개 무모한 별종쯤으로 여기며 멀리하기 마련이던데……."

"여자 친구가 많은 모양이지요."

"우리 과에 여학생이 열 명쯤 있습니다. 그들은 저를 괴이쩍은 놈으로 치부하고 있답니다……. 혹시 무슨 임무를 띠고 온

사자(使者)는 아닌가요?"

"사자라니요?"

"가끔 모처에서 제게 사람을 보내 도움을 청할 때가 있거든요."

"모처에서요?"

"학생회관 5층에 입주해 있는 여러 곳에서 가끔 제게 용건이 있다고 초빙하고는 한답니다."

겸연쩍은 듯 개구쟁이 같은 표정을 지으며 웃었다. 학생회관 5층에 입주해 있는 여러 곳이라면, 즉 학생회와 여러 서클룸을 지칭하는 것이리라. 인경은 웃음 짓지 않을 수 없었다.

"아닙니다. 저는 어떤 서클에도 가입해 있지 않은 평범한 학생입니다."

"다른 어떤 것보다 자기 자신을 사랑하는 분이군요. 세상과 친해지기 위해서 치러야 하는 대가를 지불하고 싶지 않은 사람들이 대개 그러지요. 세상에 맞서면 상처받기 마련이라 생각하는 소극적인 사람들을 비난할 마음은 없습니다만……."

빈정거리는 말투가 거슬릴 법도 한데, 자신의 말에 대한 응대로서 아주 적절한 것 같아 그를 탓하고 싶지 않았다.

"상처를 많이 입어본 사람처럼 말하는군요."

"요즘 우리가 견뎌내고 있는 세상이 그렇지 않은가요. 생각하기 나름이지만, 그 상처를 도리어 보람으로 알고 살아가는 사람들도 있으니까요. 어쩐지 오늘부터 또 다른 상처를 입게 될 계기를 만난 것 아닌가 걱정되는데, 제가 차를 한잔 대접해도 되겠습니까?"

인경의 얼굴에 홍조가 피어오르며 미소가 번졌다.

"좋아요. 하지만 폐쇄된 공간에서 은밀히 도모하고 있는 사업이 무엇인지 먼저 말해주면 고맙겠는데요."

"은밀히 도모하고 있는 사업! 글쎄요. 어떻게 말해야 할지 궁리가 트지 않는군요."

"궁할 때는 솔직함이 가장 편하지요."

"솔직함이 편하다! 저는 사람들이 꺼리는 것, 피하는 것에 더 관심과 애정을 갖고 있는 편입니다."

인경은 그를 뚫어지게 쳐다보았다.

"그렇다면, 더 궁금하군요."

"별것 아닙니다. 사람들이 무너질지 모르는 건물이라 꺼리고 멀리하는 것에 꽂혀 그냥 자유관에 올라가 지냅니다. 저 큰 건물에 혼자 산다는 게 얼마나 유쾌한지 모릅니다."

"그렇군요. 부럽습니다."

"그럼 차를 대접해도 되는 것입니까?"

"하지만 제가 혹시 귀한 시간을 빼앗고 있는 것은 아닌지 모르겠습니다."

"아닙니다. 은신처에 들어가서는 모르지만, 나와서는 이런 기회를 더 반기는 편입니다.”

민수는 인경을 카페 '시랑(詩廊)'으로 데리고 갔다. 시랑에는 민수의 등반 친구들이 진을 치고 있었다. 한 번도 그런 일이 없던 그가 아름다운 여학생을 동반하고 나타나자 다들 눈이 휘둥그레졌다. 세상일에 냉소적이고 냉담한 편인 민수는 오만이 몸에 배어 있었다. 특히 여자라면 하느님의 실패작 가운데 하나 정도로 여기며 비하했다. 나사 하나쯤 빼먹고 조립한 로봇처럼 사람 기능을 온전히 할 수 없는 것이 여자라며 평소 공공연히 깔보았다. 그런 그가 여학생을 동반하고 등장하다니 놀랄 일이 아닐 수 없었다.

인경은 그날 시랑에서 영후를 비롯한 자이언트 대원들과 첫인사를 나누었다.

4.

영후는 배낭에다 소주와 오징어, 쥐포를 주섬주섬 챙겨 넣었다. 민수가 즐겨 먹던 번데기 통조림도 담배와 함께 넣었다. 배낭을 꾸리는 동안 줄곧 손끝에 민수의 얼굴이 걸렸다. 시랑에서, 마터호른에서, 바인타브락에서, 마칼루에서의 그의 모습이 갈마들었다. 취기가 적당히 오르면 세상을 겨자씨보다 작게 여기던 그의 오만방자한 모습이 그리웠다. 담배 연기를 뿜어 올리며 공(空)과 무(無)를 넘나들던 몽롱한 모습도 보고 싶었다.

"제 친구 중에 물구나무를 서서 봐야만 세상이 바로 보인다고 주장하는 친구가 있었습니다."

에베레스트 등정에 성공하고 귀국한 후, 남부교육청으로부터 강연 초청이 왔다. 남부교육청 관내 고등학생들이 대상이었다. 거기서 영후는 민수 이야기로 강연을 이끌어나갔다.

"그 기발한 친구는 특히, 광화문통이나 여의도나 테헤란로 같은 번화한 곳에서는 반드시 물구나무를 서서 걸어야 세상이 바로 보인다고 역설했습니다. 말뿐만이 아닙니다. 실제로 종각에서 시청 광장까지 물구나무를 서서 걷는 시범을 우리에게 보여주기도 했습니다. 관공서나 학교나 기업체 빌딩이나 자동차나, 사람이 만든 모든 것들이 물구나무를 서서 보지 않고서는 그 속내가 보이지 않는다는 주장이었습니다. 하지만 그 친구, 바보는 아니었던지 어느 날 세상은 물구나무를 서서 살아갈 수 있는 곳이 아니라는 사실을 깨달았던 모양입니다. 그 깨달음이 그를 산을 찾게 한 모양이었습니다. 그는 우리 모르게 등반학교에 다녔다면서, 하루는 친구들을 불러 모으더니 다짜고짜 인수봉으로 데리고 갔습니다. 갑자기 웬 암벽타기냐고 따지니까, 이 친구, 우리가 이 시대에 불가능에 도전하지 않고 무엇을 해야 하겠느냐고 도리어 우리를 핀잔

하며 윽박질렀습니다. 그리고 친구는 장비를 갖추더니 묵묵히 암벽에 하켄을 박고 자일을 걸고 암벽을 오르내리며 우리에게 암벽타기 시범을 보였습니다. 그 후 우리는 기회가 있을 때마다 그를 따라가 암벽타기 훈련을 강행했습니다. 몇 피치 오르지 못해 추락하고 부상을 당하고, 심지어는 한동안 운신을 못 할 정도의 큰 부상을 입고서도 암벽훈련을 계속했습니다. 저는 바로 그 친구의 단짝이었습니다. 저는 그 친구와 늘 산행을 함께했고 그리고 암벽에서 무수히 추락을 되풀이하며 저를 단련시켜 왔습니다. 그 친구가 오늘의 저를 있게 한 것입니다."

잠시 쉬는 겨를에 한 학생이 물구나무를 서서 봐야 세상이 바로 보인다는 뜻을 더 명확히 알 수 있게 설명해주기를 바란다고 청했다.

"요즘은 데모가 뜸해졌습니다만, 그 무렵에는 연일 대학생들의 데모로 세상이 시끌시끌했습니다. 당국의 대응은 강경했으나 어떤 가혹한 진압이나 제재도 데모를 막지 못했습니다. 학생들은 한 번도 이겨본 적이 없었습니다. 늘 터지고 피를 흘리고 졌습니다. 그러나 학생들은 자신들의 주장이 정의롭다고 확신하고 있었습니다. 그 확신이 늘 데모를 추동했던 것입니다. 그래서 아마 그 친구는 물구나무를 서서 봐야 세상이 바로 보이는 것이라 주장했던 것 같습니다."

그날 영후는 얼결에 다음과 같은 말을 덧붙이도 했다.

"암벽이나 빙벽을 탈 때는 늘 죽음과 맞서 있는 것과 다름 없습니다. 천사도 마귀도 도와줄 수 없습니다. 오로지 자신의 의지만으로 극복해 나가야만 합니다. 그 때문에 암벽이나 빙 벽 등반을 두고 치열한 자기와의 싸움이라고 하는 것입니다. 그렇습니다. 자기와의 가장 치열한 싸움 현장이 바로 암벽 등 반인 것입니다. 그러나 저는 좀 다릅니다. 저의 경우는 외로움 과 싸우는 일입니다. 저는 사람이 살아가는 전 과정에 고독이 에너지로 작용한다고 믿고 있습니다. 다시 말하면, 산다는 것 은 고독을 이겨 내려는 몸부림에 지나지 않는 것이다, 산다는 것은 외롭지 않기 위해, 소외되지 않기 위해 발버둥 치는 것에 지나지 않는 것이라 믿고 있습니다. 저는 그런 삶을 가장 생생 하게 실감할 수 있는 곳이 바로 히말라야의 빙산이라고 생각 합니다. 제가 외롭지 않았다면, 나라는 존재에 대한 두려움이 없었다면, 저는 결코 히말라야에 도전할 뜻을 품지 않았을 것 입니다."

그것은 언젠가 민수로부터 들은 말이었다. 시간의 경과와 함께 그것이 영후의 생각으로 내면화되었고, 급기야 영후의 주장으로 나타나게 된 것이었다.

"선생님, 선생님은 몇 해 전, 마칼루에서 자일 파트너를 잃 고 혼자 돌아오신 분 아닙니까? 그때 잃은 자일 파트너가 아까 물구나무를 서서 세상을 봐야 바로 보인다고 주장했던 그 친구 분 아니었습니까?"

영후는 입술을 질끈 깨물었다. 당황한 빛을 감추기 위해 심호흡을 했다. 여기서 저런 난처한 질문을 받게 되다니, 예리한 칼날이 획 가슴을 긋고 지나갔다. 호흡을 가다듬은 영후는 대답하지 않을 수 없었다.

"맞습니다. 바로 그 친구였습니다. 그 친구는 세상을 담뱃갑이나 술병 속에 응축시켜 넣고 조롱할 수 있는 재주를 지닌 비상한 친구였습니다. 그는 구십구 프로 꿈으로 이루어진 친구였습니다. 그 친구에 비하며 저는 아주 용렬하고 비겁한 순응주의자입니다. 그 친구는 히말라야를 무덤으로 삼겠다는 꿈을 이미 실현했습니다. 그러나 저는 그 꿈을 아직도 달성하지 못하고 있습니다. 지금 이 자리의 여러분 중에는 한 걸음 더 나아가 달이나 화성 같은 그런 우주를 무덤으로 삼겠다는 꿈을 지니고 있는 학생이 있을지 모르겠습니다만, 당시 우리의 꿈은 히말라야 정도로도 대단한 것이었습니다. 그 친구와 저는 에베레스트를 비롯하여, 8천 미터급 거봉들을 차례로 답파하고 유럽의 몽블랑, 아프리카의 킬리만자로, 북미의 매킨리, 남미의 아콩카과, 다섯 대륙의 최고봉들을 모두 등정하기로 약속했습니다. 그런데 그 친구는 마칼루에서 용렬한 순응주의자인 저를 살리기 위해 스스로 자일을 풀고 자신의 꿈을 너무 일찍 실현시키고 말았습니다."

그렇게 말하는 동안 겉으로는 태연해 보였으나 영후의 가슴속에는 거친 바람이 휘몰아치고 작달비가 퍼부었다.

5.

이게 실로 몇 년 만인가. 4년? 5년? 공교롭게도 지난 몇 년 동안 영후는 민수의 기일(실종일)에 멀리 원정길에 올라 있었다. 어떤 해는 그랑드조라스에서, 어떤 해는 초오유에서, 또 어떤 해는 아콩카과에서 그의 기일을 맞아 쓸쓸히 부재를 실감하며 생전의 그의 모습을 기리고는 했다. 그의 얼굴이나 다름없는 추모비를 만나게 될 오늘, 참으로 할 이야기가 많을 것이었다. 술도 권커니 잣거니 많이 나누게 될 것이리라. 그가 마칼루 재도전에 실패한 이야기며, 초오유 등반에 성공한 일도, 아콩카과 이야기도 궁금해할 것이 틀림없고, 이번에 오른 K2 이야기는 더 구미 당겨 할 것이 틀림없었다.

민수는 마칼루와 함께 에베레스트를 좌우에서 호위하듯 우뚝 솟아 있는 초오유에도 오르고 싶어 했고, 언젠가는 단단한 화강암 덩이 같다는 수직의 요세미티는 물론 아콩카과에도 오를 기회가 오지 않겠느냐고 말하기도 했었다. 그러나 그런 많은 소망을 하나도 이루지 못한 채 그는 마칼루 크레바스 지대에 잠들어 있고, 엉뚱하게도 그런 욕망이 별로 없었던 영후 자신이 이 세상에 남아 그의 소망을 하나하나 훔쳐 가고 있으니, 마음이 척척해지지 않을 수 없었다.

인수봉은 언제 봐도 안온한 인상이었다. 어디 한 군데 모난 데 없이 둥그렇고 원만한 외양이 언제나 자애로웠다. 어머니로부터 꾸중을 듣고 쫓겨날 때마다 포옥 안아주는 이모의 품, 어떤 응석도 다 받아줄 것 같은 너그러운 인상, 오늘도 인수봉은 그런 인자한 모습으로 영후를 맞아주었다.

인수봉을 정면으로 바라보고 선 순간 영후는, 언제나처럼 용기와 결단과 인내가 전제된 용서와 화해와 관용을 인수봉이 속삭이고 있는 것 같았다. 영후는 가슴을 열고 인수봉의 속삭임을 받아들였다. 그런 인수봉의 자애로운 시선이 지켜주는 지점에 민수의 추모비가 서 있었다. 영후는 추모비 앞에 무릎을 꿇었다.

"오랜만이다. 자주 찾아오지 못해 미안하다. 이번에 인경이 마칼루에 다시 오르자는구나. 아마 민수 널 꼭 데려올 생각인가 봐. 나도 낭가파르바트 등정 계획을 뒤로 미뤘다. 낭가파르바트 원정을 다음으로 미루자고 하자 자이언트 대원들이 난리가 났다. 하지만 내게 너를 데려오는 일보다 더 시급하고 중요한 일이 뭐가 더 있겠니. 우리가 찾아가면 이번에는 꼭 나타나 우리를 만나주렴."

자기도 모르는 새 흘러내린 눈물을 닦고 난 영후는 배낭에서 술과 담배를 꺼냈다. 담배에 불을 붙여 기단에 올려놓고 종이컵에 술을 부어 주위에 골고루 뿌렸다. 다시 새 잔에다 술을 부어 연기를 피워 올리고 있는 담배 옆에다 경건하게 놓았다. 오징어와 쥐포를 찢어 술잔 옆에 놓는 순간 어떤 손이 문득 나타나 술잔을 드는 것 같았다. 놀라 확인하려는 순간 그 손은 환각처럼 사라져버렸다.

세 번째 술잔을 권한 다음 영후는 그동안 밀렸던 이야기를 시작했다.

"지난번 K2에 다녀왔다. K2도 힘들었지만 그전에 다녀온 초오유가 더 힘들었다. 내가 위기에 처할 때마다 민수 네가 도움의 손길을 뻗쳐준 걸 다 안다. 네 도움이 없었다면 나도 아마 초오유 어딘가에 누워 있었을 것이다. 네가 나를 네 곁으로 불러가지 않고 초오유를 내게 허용한 까닭을 내가 충분히 알고 있다. 너는 필경 세상에 남아 있는 내게 우리가 함께 오르고자 했던 낭가파르바트, 안나푸르나, 칸첸중가, 마나슬루 등을 모두 등정하기를 바라 그랬을 것이야. 내가 다 안다."

초오유에서 영후는 여러 차례 죽음과 조우했었다. 빙벽에서 슬립을 할 때마다 죽음과 선연히 마주쳤고 죽음과 굳게 악수를 나누기도 했다. '초오'는 티베트 말로 신성 또는 정령이라는 뜻이고, '유'는 터키옥이라는 뜻으로 터키옥처럼 아름답고 기품 있는 여신이 사는 성스러운 산이라는 뜻이라는데 여신이 심술을 부린 탓인가, 자이언트 원정대는 등정 내내 악천후와의 고투가 그치지 않았다. 죽음을 늑골에 차고 추락의 위험이 도사리고 있는 설릉을 트래버스하거나 수직의 빙벽과 사투를 거듭해야 했다. 위급한 고비를 만날 때마다 영후는 민수처럼 날개를 활짝 펴고 비상하는 새가 보고 싶었다. 죽음과 맞닥뜨린 절망적인 순간마다 민수가 읊조리고는 했던 '고독한 새가 갖추어야 할 다섯 가지 조건'을 절박하게 읊조리고는 했다.

첫째, 부리와 눈은 더 높은 희망을 향하고 있을 일이요.

둘째, 사색의 깊은 호수에서 보석을 건져 올릴 일이요.

셋째, 오를수록 정상은 더 아득함을 알아야 할 일이요.

넷째, 결코 같은 색깔의 깃털에 안주하지 않아야 할 일이요.

다섯째, 늘 낮고 낮은 음정으로 노래를 이어갈 일이다.

고도 7천8백 미터 마지막 6캠프를 출발한 지 일곱 시간에 걸친 사투, 한발도 옮겨놓기 힘든 절망적인 순간 문득 나타난 정상, 거기서 구름바다를 뚫고 얼굴을 내밀고 있는 이웃 거봉들을 바라보는 순간, 막막한 가운데 정상에 올랐다는 희열도 마침내 해냈다는 승리감도 없었다. 함께 등정한 셰르파가 배낭에서 네팔 국기를 꺼내 정상에 꽂는 모습을 무감각하게 바라보고 있던 영후는 비로소 배낭을 열었다. 태극기와 자이언트 산악회의 기를 꺼내 신중히 정상에다 꽂았다. 두 개의 깃발이 바람에 찢어질 듯 펄럭이기 시작했다. 영후는 자이언트 산악회 깃발 옆에 엎드려 얼음을 헤치고 구덩이를 팠다. 그는 품속에 간직하고 갔던 사진을 꺼내 구덩이에 묻었다. 사진을 묻으며 영후는 가슴을 부르르 떨었다.

"민수, 너를 초오유에 심었다."

다시 술잔을 채워 민수에게 권했다.

6.

탑승 수속을 마쳤을 때 휴대전화가 울렸다. 영후를 비롯한 자이언트 대원들은 대형 TV 앞에 모여 있었다.

"언니, 나 좀 보면 안 될까?"

인경의 마음은 이미 히말라야로 날아가 있었다. 어젯밤 잠자리에 누웠을 때 이미 마음이 먼저 마칼루를 오르고 있었다. 마칼루 상공 어디쯤을 선회하고 있을 민수가 머릿속을 가득 채워 한숨도 잠을 이룰 수가 없었다. 그런 인경에게 응석 섞인 자은의 전화는 환각처럼 느껴질 뿐 실제적인 감각을 일깨우지 못했다.

"지금 여기가 어딘 줄 아니? 공항이야."

"공항?"

"놀라긴. 방금 탑승 수속을 다 마쳤어."

"그게 무슨 날벼락이야? 언니, 나 아무래도 자신 없어. 언니 없이는 안 될 것 같아."

"엄살 부리지 마. 자은이는 잘 해낼 거야."

"언니, 엄살이 아니야. 내가 제 발로 설 수 있을 때까지 언니가 도와줘야 해. 언니가 공들여 이룬 걸 내가 다 망치면 어떻게 해?"

"죽는 소리 그만해. 네가 중세 연금술사보다 유능하다고 큰소리 칠 때는 언제였어. 자은이 넌 연금술사들과는 달리 틀림없이 납으로 금을 만들어낼 거야. 난 출판에 관한 자은이 너의 그 동물적 감각을 믿어."

"괜히 추켜세우지 마. 내가 다 말아먹으면 어떡하려고?"

"이미 말했잖아. 말아먹든 구워 먹든 이제 자은이 네가 알아서 할 일이라고. 나라는 존재는 아예 염두에서 싹 지워버려. 너와 내가 갈 길은 다르단 말이야. 내가 갈 길은 히말라야의 빙벽과 대결하는 일이고 자은이 네가 갈 길은 출판 시장과의 대결이지. 하기야 나의 미래는 가시적이고 실체적인 산과의 싸움이지만 너의 미래는 비가시적인 시장과의 싸움이어서 네가 나보다 힘들게 느껴질는지도 모르겠다. 하지만 넌 잘 해낼 거야."

"언니!"

자은이 음성을 낮춰 애틋하게 불렀다. 인경은 대꾸하지 않았다.

"언니, 언니는 왜 화려한 성공으로부터 도망치려는 거야? 출판계의 신데렐라, 출판계의 혜성이라는 평판이 싫은 거야?"

"우리 이제 그런 쑥스런 말 그만하자. 난 내가 가야 할 길이 있다고, 그 길을 가지 않으면 안 된다고 얼마나 말했어. 전화 끊어."

인경은 단호하게 전화를 끊어 버렸다. 내가 마칼루에서 민수를 만난다면 모를까 그렇지 않으면 돌아와 자은을 다시 만나는 일은 없을 것이리라. 탑승 안내 방송이 들리자 영후를 비롯한 자이언트 대원들이 자리에서 일어났다. 인경은 그들의 모습을 바라보며 손을 흔들어 자신의 존재를 확인시켰다.

* 다섯 가지 조건은 라인홀트 메스너의 『도전』에서 빌려 알맞게 고쳐 쓴 것임.

옰

1.

무거운 침묵이 교장실을 짓누르고 있었다.

원형 테이블에 쎄레브라꼬프 교장선생을 중심으로 뚜젠바흐 교감, 쩨레긴 학생주임, 당원인 숄로느이 선생, 비짜의 담임인 사를로따 선생이 빙 둘러앉아 있었다. 쎄레브라꼬프 교장은 물론 뚜젠바흐 교감 역시 표정이 침통했다. 다른 사람들과는 달리 당원인 숄로느이 선생 홀로 볼이 잔뜩 부어 있었다. 돌아가는 분위기가 마뜩잖았던지 성난 얼굴에 초조한 빛을 띠고 있었다. 그런 숄로느이 선생을 쳐다보며 학생주임 쩨레긴 선생은 눈살을 찌푸렸다.

숄로느이 선생과 쩨레긴 학생주임은 조금 전까지 서로 팽팽하게 맞서 한바탕 논쟁을 벌였었다. 두 사람의 얼굴에는 아직도 흥분이 여진처럼 남아 있었다. 숄로느이 선생은 비짜와 가예프를 엄혹하게 처벌해야 마땅하다고 주장했고, 반면 쩨레긴 학생주임은 학생 지도란 처벌이 능사가 아니라는 점을 강조하며 가급적 관용을 베풀고 인내심을 갖고 비행 학생

옳 183

을 올바르게 선도해나가는 것이 옳다고 맞섰다. 숄로느이 선생은 당과 정부 시책의 엄중함을 강조하며 퇴학처분을 내려야 한다고 강력하게 주장했고, 쩨레긴 학생주임은 퇴학처분은 너무 가혹하다며 정학 같은 좀 더 가벼운 처벌로 학교는 계속 다닐 수 있게 하되 다시는 그런 잘못을 되풀이하지 않도록 지도해나가는 것이 교사로서의 우리의 임무와 본분이 아니겠느냐고, 지지 않고 맞섰다. 두 사람의 논쟁은 쉽사리 그칠 것 같지 않았다. 계속 반복되는 비슷한 내용의 주장에 짜증이 났던지 쎄레브라꼬프 교장이 급기야 미간을 잔뜩 찌푸리고 신경질적으로 손사래를 쳤다. 그제야 두 사람은 입을 닫고 조용해졌다.

흥분을 가라앉히느라 침묵의 시간이 이어졌다. 이윽고 침묵을 깨고 다시 논의가 시작되었다. 아까보다 강경해진 숄로느이 선생의 퇴학론이 점점 대세를 잡아나가기 시작했다. 당과 정부 시책이라는 명분이 교사의 사명과 본분이라는 막연한 명분보다 권위가 있었던지 퇴학론에 맞서 관용을 베풀어야 한다는 쩨레긴 학생주임의 주장이 점점 힘을 잃어갔다. 이런 분위기가 우려되었던지 마른침을 한 번 꿀꺽 삼킨 쩨레긴 학생주임은 사를로따 선생을 힐끗 돌아보았다. 사를로따 선생은 퇴학을 주장하는 숄로느이 선생을 쏘아보고 있었다. 쩨레긴 학생주임은 사를로따 선생으로부터 가급적 두 학생을 구제해 달라는 부탁을 받은 터였다. 그런데 자기주장도 제대로 펼쳐 보이지 못하고 숄로느이 선생에게 밀리고 있는 자신이 겸연쩍고 민망스러웠다.

아까부터 무거운 책임감이 쩨레긴 학생주임의 어깨를 짓누르고 있었다. 아이들이란 자유분방하기 마련이고 실수도 잦으며 늘 어른들을 걱정하게 만드는 말썽꾸러기들 아닌가. 실수를 하거나 잘못을 저질렀다고 일일이 처벌하면 제대로 성장할 아이들이 몇이나 되겠는가. 너그럽게 용서하고 그 실수나 잘못을 되풀이하지 않도록 잘 선도해나가는 것이 교사의 임무이며 본분인 것이다. 그러나 현실에서는 교사의 임무와 본분이 잘 지켜지는 것 같지 않았다. 노력과 불편이 따르는 관용과 선도에는 인색한 반면 손쉬운 단속과 처벌로 책임을 모면하려는 것이 일반적인 경향이었다. 이번 비쨔와 가예프 일도 가혹한 처벌보다 관용을 베풀고 잘 지도해나가면 반드시 좋은 결과를 얻을 수 있으리라 생각되었다. 그러나 분위기는 당과 정부 시책을 앞세운 숄로느이 선생의 주장이 승기를 잡고 퇴학 쪽으로 가닥을 잡아나갔다.

"거듭 말씀드리지만 우리는 숲 전체를 염두에 두어야 합니다. 병든 나무는 과감히 솎아내야만 합니다."

숄로느이 선생이 교장을 바라보며 힘주어 강조했다.

머리카락은 물론 코밑수염도 아마빛인 교장은 결국 희미하게 고개를 끄덕였다. 그는 이기적인 편이었다. 평생을 화해와 화합보다 경쟁과 대립으로 일관해온 그는 늘 일종의 피해의식에 젖어 있었다. 사람을 대할 때나 어떤 일을 처리할 때 옳고 그름보다 자신에게 돌아올지도 모를 피해를 먼저 따져보고는 했다.

"교감선생님께서도 같은 생각이리라 믿습니다."

숄로느이 선생이 불쑥 찌르듯이 묻자 뚜젠바흐 교감은 얼결에 고개를 끄덕이며 상체를 등받이에 기댔다. 그도 교장선생에 못지않게 자기 이익 챙기는 데 있어 꼼꼼하고 빈틈없는 성품이었다. 아랫볼이 눌러놓은 것처럼 쑥 들어간 기다란 얼굴에 무엇인가 탐색하듯 쉴 새 없이 두리번거리는 습성이 있었다. 교직에 입문한 이래 평교사, 주임, 장학사 등을 거쳐 교감에 승진한 그는 2년여만 기다리면 교장으로 승진하리라, 스스로 기대하고 있었다.

"그룹을 조직해 교실에서 기타를 치며 노래를 부르다니 그것이 어디 학생으로서 할 수 있는 짓입니까. 게다가 그들이 부른 노래를 보십시오. 반동적인 브소츠키나 부패와 타락을 부추기는 펑크록이 주종을 이루고 있습니다. 이 사실이 당에 알려지기라도 하면 우리 학교는 엄혹한 비판을 면치 못할 것입니다."

결론을 재촉하듯 같은 말을 힘주어 강조하며 숄로느이 선생은 날카롭게 교장선생을 쏘아보았다. 그는 교사로서보다는 당의 일꾼으로서의 임무를 더 중시하였다. 그의 회색빛 눈은 언제나 사냥개의 그것처럼 냄새를 맡고 염탐하는 듯 가슴을 후벼 파는 것 같았다.

"그래, 문제 학생들임에는 틀림없는 모양입니다. 결석도 잦은 데다 수업에도 잘 들어오지 않고, 성적도 하위권이라 합니다. 게다가 지난 학기 출석 일수가 문제가 되어 진급을 시키느냐 마느냐 골치를 썩였다지 않습니까."

재촉받은 교장선생을 앞질러 뚜젠바흐 교감이 먼저 숄로느이 선생의 주장에 명시적으로 편승하고 나섰다. 교감은 이마에 꽂히는 사를로따 선생의 따가운 시선을 얼른 피했다.

"그들 그룹 이름을 한번 보십시오. '빨라따 세스또이(제6병동)'랍니다. 한번 들어가면 영영 나올 수 없는 정신병동을 그린 체호프의 동명소설 제목 아닙니까. 지금 우리가 살고 있는 이 소비에트를 '제6병동'에 비유해 그룹 이름을 그렇게 지었다니, 순수한 학생이라면 언감생심 엄두나 낼 수 있는 일입니까."

교감의 말에 힘을 얻은 듯 숄로느이 선생이 침을 튀기며 강변했다.

"'제6병동'이라는 그룹을 결성해 반동적인 노래를 불렀다니, 학생 신분에 어긋난 탈선 행위로 볼 수밖에 없을 것 같습니다."

교장선생도 굳게 다물고 있던 입을 열어 결국 숄로느이 선생의 의견에 동조하고 나섰다.

"불온사상에 물들어 있는 반동적인 학생들이 틀림없습니다."

숄로느이 선생이 결론을 내리듯 매조져 말했다.

"불온사상에 물든 반동적인 학생들이 틀림없다니, 무슨 말씀을 그렇게 심하게 하십니까? 다른 학생들과 생각이 좀 다르고 다만 진취적이며 독창적인 의견을 갖고 있는 학생들일 뿐입니다."

잠자코 들으며 분위기를 살피고 있던 사를로따 선생이 번쩍 고개를 쳐들고 항변했다. 하지만 목소리는 풀이 죽어 있었다. 애써 그들을 변호하고 항변해봐야 무슨 소용 있겠는가. 무엇인가 오래 잊고 있던 슬픈 추억이 상기되며 코끝이 찡해졌다.

"사를로따 선생은 매사 너무 감상적입니다. 우리에게는 공부에 열중하고 당에 충실한 학생들을 보호할 책임이 있습니다. 그런 반동적이고 반국가적인 불량학생을 보호할 필요는 없는 것입니다."

반동적이니 반국가적이니 하는 말을 입에 달고 사는 숄로느이 선생을, 사를로따 선생은 벌레처럼 손으로 꾹 눌러 죽이고 싶었다.

"비록 학교 규칙은 좀 위반했다 할지라도 그들은 매우 독창적이고 재주가 뛰어난 아이들입니다. 저는 그 아이들의 재주가 그대로 꺾일까 두렵습니다."

"재주가 있다지만, 재주 중에는 독이 되는 재주도 있다는 사실을 사를로따 선생님은 외면하고 계신 모양입니다."

숄로느이 선생이 냉소를 머금고 사를로따 선생을 흘겨보았다. 사를로따 선생은 그의 시선이 마치 시체를 파먹다 나온 벌레 같다는 생각을 하며 남모르게 치를 떨었다.

결국, 퇴학 쪽으로 결론이 났다.

2.

학교를 빠져나온 비쨔는 뛰듯이 바삐 걸었다. 벌겋게 상기된 얼굴에 분노와 체념이 넘실거렸다. 전방을 향한 시선은 공허하였다. 공원의 나무들은 새로 돋은 윤기 흐르는 황록색 잎이 싱싱하였다. 푸드득 푸드득 나뭇가지 사이를 날아 오르내리는 새들의 날갯짓도 기운차 보였다. 벤치에 앉아 따스한 볕을 쬐고 있는 노인들의 표정도 밝아 보였다. 엄마의 손을 잡고 아장아장 걷고 있던 아기들은 가끔 허리를 굽히고 풀밭에서 무엇인가를 줍고는 했다. 그런 광경들이 비쨔의 눈에는 하나도 들어오지 않았다.

그는 공원을 지나 곧 큰길로 나섰다. 매연을 뿜으며 자동차들이 바쁘게 질주하고 있었다. 소형 자동차들이 내뿜는 매연이 인도를 덮쳤다. 매연을 아랑곳하지 않고 그는 행인이 드문 인도를 따라 쫓기는 사람처럼 걸음을 서둘렀다. 학교로부터 가능한 한 빨리 멀리 달아나고 싶었다.

"비쨔, 비쨔!"

뒤따르던 가예프가 숨차게 불렀다. 목소리를 높여 크게 불렀으나 그는 돌아보지 않았다. 가예프는 국영 마가진(마켓) 모퉁이에서 겨우 그를 따라잡았다. 마가진 정문 양쪽 인도에 박스형 가게들이 즐비하게 서 있었다. 주로 보드카나 맥주를 팔았다. 담배를 파는 가게도 마트료시카나 이콘, 목제 식기 등을 진열해 놓고 파는 가게도 있었다. 신문이나 묵은 잡지를 펼쳐 놓고 손님을 기다리고 있는 가게도 있었다.

"야, 천천히 좀 가자."

비쨔는 흘낏 가예프를 쳐다봤다. 그러나 귀찮다는 듯 얼굴을 찡그렸다.

"야, 어디로 갈거니?"

그는 대답 없이 거칠게 도리질을 했다.

"난, 혼자 있고 싶어."

그는 험악한 눈으로 가예프를 쏘아보며 내뱉었다. 나지막했으나 결기가 서려 있었다. 그는 불끈 쥔 주먹을 쳐들어 보였다. 가예프가 어리둥절해 있는 사이 그는 벌써 등을 보인 채

저만치 멀어져가고 있었다.

'제기랄! 저만 퇴학당했나.'

어이없다는 얼굴로 잠시 그의 뒷모습을 지켜보던 가예프는 어깨를 한번 으쓱 추슬러 올렸다. 그는 비쨔가 가는 방향과 반대 방향으로 걸음을 옮겨놓았다.

그날 비쨔는 집에 들어가지 않았다. 성난 걸음으로 네바강 변을 따라 내려가던 그는 스몰리 수도원 부근에서 석양을 맞이했다. 지금은 시청 청사로 쓰이고 있었으나 외양은 옛 모습 그대로인 스몰리 수도원은 석양빛을 받고 붉게 물들어가고 있었다. 오랫동안 귀족 여식들의 기숙학교로 쓰였던 흰색 목조건물이 석양빛을 받고 주황빛으로 물들어가는 모습이 경이로웠다. 그 경이로운 모습에 그는 눈길 한번 주지 않았다. 석양빛을 받은 수도원의 첨탑이 슬픈 빛을 띠며 빛났다. 그러나 거기에도 그는 눈길을 주지 않았다.

혁명 직후 볼세비키 작전본부로 쓰였던 스몰리 수도원은 소비에트 정권 수립을 선언했던 혁명의 성소였다. 인민의 행복과 인류의 구원을 위한 원대한 꿈을 기획했던 혁명가들의 보금자리였다. 그들 혁명가들은 이상 국가 건설을 위한 번민과 고뇌 속에 얼마나 많은 나날을 이곳 스몰리 수도원에서 석양을 맞이하고 보냈던 것인가. 그렇지만, 지금의 비쨔에게 그런 혁명가들의 이상이 어쨌단 말인가. 오로지 가슴속에 들끓고

옳

있는 분노가 그에게는 절박한 문제였다. 가슴속에 들끓고 있는 분노가 추동하는 힘에 떠밀려 그는 스몰리 수도원을 등지고 강기슭을 따라 걸음을 계속했다. 얼마 동안이나 걷기를 계속했을까. 석양빛이 스러지고 거리에 안개처럼 엷은 어둠이 내려앉고 있었다. 다리에 휘감기는 엷은 어둠을 헤치며 무작정 걷고 있던 그는 백조운하 어름에 이르러 걸음을 멈추었다. 주위를 두리번거리던 그는 순간, 오늘 밤 갈 곳이 없다는 데 생각이 미쳤다. 막막한 가운데, 여름궁전이 가까운 곳에 있다는 사실이 구명정처럼 의식의 수면 위로 떠올랐다. 가슴속 깊은 곳에 스며 있던 한 생각이 안도의 숨을 내쉬었다. 여름정원의 궁전에 숨어들어 가면 밤을 지낼 수 있으리라. 막연히 그런 생각을 더듬으며 그는 오른쪽으로 방향을 꺾어 걸음을 옮겨 놓았다.

이윽고, 한 블록 앞에 여름궁전의 우람한 바로크식 건물이 나타났다. 정문 초소의 경비에게 들키지만 않는다면 여름정원으로 들어가는 것은 어렵지 않으리라. 안으로 들어가면 몇 사람 되지 않은 관리인 눈이야 얼마든지 피할 자신이 있었다. 저 거대한 여름궁전 안에 이 한 몸 뉘일 데 없겠는가. 여름정원 정문 주위를 두리번거리던 비쨔는 담장 가까이에 우쭐우쭐 서 있는 자작나무를 눈대중으로 겨냥했다. 목표를 정한 그는 행인들의 눈길을 피해 얼른 나무 아래로 숨어들어 갔고 곧 자작나무를 타고 오르기 시작했다. 담장 안쪽에도 자작나무와 전나무들이 빼곡히 서 있었다. 나뭇가지를 타고 오르내리며 담장을 넘어 여름궁전 정원 안으로 들어가는 것은 어렵지 않았다.

원형과 정방형으로 구획된 드넓은 화원과 정원수들 사이로 산책로가 나 있고 산책로에 일정한 간격을 두고 현수형 가로등이 고개를 숙이고 은은히 땅을 비추고 있었다. 바로크식 궁전 건물의 위용을 바라보며 그는 나무 그늘을 이용해 건물을 향해 걸음을 옮겨놓았다. 일렬로 도열해 있는 조각상 끝, 마지막 석조 천사상을 지나자 본관에 다다랐다. 본관 정문을 피해 건물 모퉁이로 돌아 나갔다. 얼마 가지 않아 작은 목재 문이 나타났다. 그는 목재 문을 당겨보았다. 아무 저항 없이 열렸다. 문을 열고 안으로 들어간 그는 잠시 주위를 살펴보았다. 아무 인기척도 없었다. 계단을 딛고 위층으로 올라갔다. 어디선가 불빛이 흘러들어 와 주위를 희미하게 밝히고 있었다. 발소리를 죽이고 위로 올라가며 주위를 두리번거렸다. 관리인이나 경비원은 보이지 않았다. 한 층을 더 올라가자 널따란 회랑이 나타났다. 거기에 장의자가 놓여 있었다. 그는 아무 생각 없이 그 장의자에 풀썩 쓰러지듯 앉았다. 앉은 순간 피로가 새를 잡는 그물처럼 그를 덮쳐 왔다. 그는 그 자리에 스르르 무너져 내렸다.

퇴학당한 첫날을 비쨔는 그렇게 보냈다. 다음 날도 그는 종일 여름궁전에서 빈둥거렸다. 집에 들어가 마주치게 될 아버지 로베르트의 꾸중과 질책을 감당할 자신이 없었다. 어머니 발렌치나는 이미 사를로따 선생님으로부터 퇴학 사실을 통보받았을 것이다. 실망과 분노를 애써 눌러 속에 감추고 온화하게 꾸민 표정으로 위로하려 드는 어머니 또한 얼마나 대하기 거북하겠는가. 아버지 어머니뿐만 아니었다. 세상의 어떤 사람도 보고 싶지 않았다. 할 수만 있다면 세상의 모든 것, 학교는 물론 미술관이며 오페라극장이며 관공서며 즐비한 아파트들, 이 모든 것들을 싹 불 질러 없애버리고 싶었다. 가슴속에 들끓고 있는 분노가 얼마나 맹렬했던지 아직 한데서 견디기에는 힘든 날씨였으나 추위 따위에는 아랑곳없이 여름궁전 장의자에서 밤을 지새웠다.

3.

더 항변한다 해도 결과를 바꿀 수는 없을 것이리라.

회의를 마치고 교장실을 나오는 사를로따 선생은 몸과 마음이 납덩이처럼 무거웠다. 퇴학이라니. 징계 중에서도 가장 가혹한 퇴학이라니, 갈 곳을 잃고 거리를 배회할 두 아이의 모습이 떠올랐다. 아무리 생각해도 미워할 수 없는 아이들이었다. 특히 비쨔의 경우 과학이나 수학은 성적이 대수롭지 않았으나 역사와 국어는 곧잘 하는 편이었다. 무엇보다 그림 솜씨는 매우 뛰어났다. 사를로따 선생은 쎄로브미술학교 학생 중에서도 그림 솜씨로는 비쨔가 으뜸이라 생각했다. 그림에 좀 엉뚱한 데가 없지는 않았다. 그러나 그 엉뚱함은 도리어 분망한 상상력을 유발하며 예사롭지 않은 깨달음을 주었다. 그는 어른들이 마련해둔 전형적 아름다움이나 가치관을 거부하고 그 나름의 새로운 아름다움이나 가치관을 구축하기 위해 시행착오를 마다하지 않은 매우 독창적인 아이였다. 정해진 것에 순응하기보다 자신의 의견을 새롭게 제시하고 그 새로운 의견을 실천하기 위해 궁리하고 노력하는 대담하고 영리한 아이였다. 생각이 많고 좋고 싫은 것의 구분이 명확했다. 사회 제도와 법률로 강고하게 규정되어 시행되고 있는 일이라 할지라도 자신이 옳지 않다고 생각하면 단호히 거부하는 반항적인 아이였다. 비쨔를 통해 사를로따 선생은 자신이 한 번도 사회와 국가가 금지한 것을 범하려 들지 않았고, 어떤 행동이나 심지어는 욕망까지도 사회와 국가가 허락하는 범위를 넘어서 보지 않고 순종하며 살아왔다는 사실을 서글프게 깨달았었다. 그는 어른들에게 깨달음과 뉘우침을 주는 아이였다.

사를로따 선생이 아이들의 그룹 연주회 사실을 통보받은 것은 일주일 전쯤의 일이었다. 쎄로브미술학교 학생인 비쨔와

옳

가예프, 그리고 로스트라예술학교 학생인 빠쉬코프와 뜨로피모프 등 네 명이 방과 후에 교실에서 학생들을 모아놓고 그룹 연주를 하다 숄로느이 선생에게 적발되었다고 했다. 적발된 것은 그것이 처음이었으나 그들이 방과 후 교실에서 그룹 연주회를 열어온 것은 벌써 여러 차례였다고 했다.

"교장선생님, 교감선생님 한 번만 더 부탁드리겠습니다. 퇴학은 너무 가혹합니다. 정학 같은 좀 더 관대한 처벌로 조정해주시면 고맙겠습니다. 아이들 장래도 걱정이려니와 아이들 재주를 죽이게 될까 봐 그것이 안타깝습니다."

쩨레긴 학생주임을 제외한 다른 선생은 사를로따 선생의 간곡한 부탁을 귀담아듣는 것 같지 않았다. 하지만 없는 용기를 짜내가며 사를로따 선생은 자기 생각을 펼쳐나갔다.

"교실에 학생들을 모아놓고 연주회를 연 것은 사실이고 그것이 학생 신분에 어긋난 행동이라는 것도 잘 압니다. 그러나 조사 결과 다른 학생들 학업을 방해하려는 의도는 전혀 없었다는 사실 또한 밝혀진 바와 같습니다. 그리고 무엇보다 그들이 부른 노래 가운데 대부분이 그들 자신이 노랫말을 짓고 곡을 붙였다는 사실에 주목해주시기 바랍니다. 이 아이들의 독창성이 장차 이 사회에 크게 공헌할 수 있으리라 믿습니다. 아무쪼록 선처해주시면 고맙겠습니다."

마흔한 살의 미혼녀인 사를로따 이바노브나 선생은 온몸이 바람을 넣은 풍선처럼 뚱뚱했다. 그녀는 매일 아침 잠자리에서 일어날 때마다 오늘은 먹는 것을 좀 줄여야지 하는 결심을 되풀이하고는 했다. 그러나 단 하루도 후회하지 않고 잠자리에 든 날이 없었다. 그녀는 특별히 남보다 많이 먹는 것은 아니라고 스스로 생각했다. 그러나 눈만 뜨고 나면 감자튀김이나 아이스크림 따위를 종일 입에 달고 살다시피 했다. 날씬해지고 싶은 열망이 식욕을 한 번도 이겨본 적이 없었던 것이다. 그녀는 감정이 매우 풍부하고 정이 많은 편이었다.

"샤를로따 선생님, 선생님은 그들의 재주에 주목해달라고 하시지만 그 노랫말을 한 번이라도 눈여겨보신 적 있습니까? 하나같이 반동적인 것이 아니면 패배자의 넋두리나 탄식 같은 것으로 되어 있습니다. 그 냉소 뒤에는 세상을 송두리째 뒤집어엎어야 한다는 선동이 짙게 깔려 있습니다. 이런 노래를 이 세상에서 불리도록 용인해야 한다는 말입니까?"

숄로느이 선생은 냉소를 띠고 샤를로따 선생을 거칠게 윽박질렀다.

샤를로따 선생은 머리를 저었다. 그들의 노랫말은 재치가 넘쳤고 곡은 흥겨웠다. 지금까지 보지 못했던 어떤 독특한 설렘으로 가득 차 있는 것 같았다. 그런데 똑같은 노랫말을 가지고 어쩜 저토록 다르게 해석할 수 있단 말인가.

"글쎄요. 저는 숄로느이 선생님께서 곡해하고 계시는 것 같아 안타까울 따름입니다. 어찌 그들의 노래가 반동적이고 반국가적이며 서구 록 음악을 모방한 것이라 폄하할 수 있습니까. 지금까지 듣지도 보지도 못했던 노래는 맞습니다. 그렇지만 그 노래들은 그들의 느낌과 생각을 아주 솔직하게 나타낸 매우 독창적이고 특별한 것들입니다."

"아니, 괴이쩍은 머리에 발기발기 찢은 옷을 펄럭이며 발광하는 그들이 독창적이라니요. 그런 퇴폐적인 것을 어찌 위대한 혁명의 나라 소비에트의 노래라 주장할 수 있단 말입니까."

사를로따 선생은 반박할 여력마저 잃어갔다.

4.

여름궁전에서 세 번째 밤을 보내고 난 비쨔는 허기에 지쳤다. 뱃가죽이 등짝에 붙었고 손가락 하나 움직일 힘도 없었다. 공복감 앞에는 영혼도 맥을 추지 못하는 것인가. 분노며 체면 따위 이성과 관련된 정신 작용은 깡그리 작동을 멈추고 말았다. 배가 고프다, 오로지 이 사실만이 의식 속에서 준동했다. 집으로 들어갈까. 집이 아니고서는 배고픔을 해결할 길이 없었다. 마가진에 들어가 식품을 훔칠 엄두는 나지 않았다. 행인을 위협해 돈을 갈취할 용기도 없었다. 집으로 들어갈 수밖에 없는 것인가. 막다른 선택지 앞에 막막한 심정으로 서 있을 때

머리 저 안쪽 구석에서 반딧불 같은 작은 것이 하나 반짝 빛을 뿌렸다.

그래, 왜 여태 리슐 아저씨를 잊고 있었단 말인가. 리슐 아저씨라면 음식은 물론 내게 가장 요긴한 위안도 제공해주지 않겠는가. 리슐 아저씨가 생각나자 없던 기운이 솟아났다. 몸을 추스른 비쨔는 자작나무를 타고 여름궁전 정원 담장을 넘어 거리로 나왔다. 리슐 아저씨가 근무하는 국영 레닌그라드출판사 사무실은 네프스키 대로에 있었다.

"아니, 이런 시간에 어쩐 일이냐?"

예고 없이 불쑥 나타난 비쨔를 본 순간 리슐 아저씨는 눈이 휘둥그레졌다.

"너, 무슨 일이 있는 게로구나?"

"아무것도 아니에요."

"아무것도 아니라니. 너 그 추레한 꼴이라니, 어쩌다 얼굴이 그렇게 상했니?"

"아무것도 아니에요."

비쨔는 기운 없는 목소리로 같은 말을 되뇌었다.

"가자. 우선 씻고 뭘 좀 먹어야겠다. 땟국이 줄줄 흐르는 그 얼굴로는 어디 가든 쫓겨나고 말겠구나."

리슐 아저씨는 사무실 안쪽의 캐비닛을 열고 타월과 비누를 꺼냈다. 비쨔를 데리고 화장실로 간 리슐 아저씨는 세면대의 수도꼭지를 틀어 물을 콸콸 쏟아놓았다. 얼굴을 씻고 수도꼭지 밑에 머리를 들이밀고 비누칠을 해 거품을 일으켰다. 머리를 감고 얼굴을 푸푸 씻고 나니 오랫동안 떠나 있던 문명세계로 다시 돌아온 듯 상쾌한 기분과 안도감이 되살아났다.

"이젠 어디든 가도 쫓겨나지는 않겠다."

타월로 머리와 얼굴의 물기를 닦아내고 있는 비쨔를 바라보며 빙그레 웃고 있던 리술 아저씨는 그를 식당으로 데리고 갔다.

두어 층인가 아래로 내려가자 식당이 가까웠던지 음식 냄새가 났다. 구수하고 달콤한 음식 냄새에 혀가 요동을 쳤고 배는 체면 따위는 돌보지 않고 꾸르륵거렸다. 이윽고 식당에 들어간 순간 비쨔는 정신이 아뜩해졌다.

"자, 어서 먹으렴."

리술 아저씨는 흘레프(검은 보리빵)에 곁들여 치즈와 감자를 으깨 양념을 한 샐러드를 비쨔 턱 아래 들이밀며 얼굴 가득 온화한 미소를 지었다.

"펠메니(러시아식 물만두)는 곧 나올 게다."

비쨔는 이미 볼이 미어터지도록 흘레프를 쑤셔 넣고 아귀아귀 씹고 있었다.

"좀 천천히 먹으렴. 뺏어갈 사람 없다."

리술 아저씨는 물컵을 비쨔 손에 쥐여주었다. 그때 펠메니가 나왔다. 국물을 후후 불며 비쨔는 만두를 입안으로 떠 넣었다. 어찌나 뜨거웠던지 얼굴이 벌겋게 상기되었고 눈에는 눈물이 가득 고였다. 그러나 뱃속에서는 뜨거움에는 아랑곳 없이 음식을 재촉해댔다. 눈 깜짝할 새에 앞에 놓인 음식을 몽땅 먹어치웠다. 음식을 깨끗이 먹어치운 비쨔는 비로소 고개를 쳐들었다. 리술 아저찌와 눈이 마주친 순간 비쨔는 얼굴이 확 붉어졌다. 리술 아저씨는 손수건을 꺼내 비쨔의 이마에 송글송글 맺혀 있는 땀을 훔쳐주었다.

"미안해요."

"미안하다니, 너처럼 음식 맛있게 먹는 사람 첨 봤다. 쯧쯧, 우유 한 잔 더 하련?"

"그래도 될까요?"

"그럼 되다마다."

리술 아저씨는 일어나 우유를 사 왔다.

"배곯고는 못사는 게다. 그래 무슨 일이 널 그렇게 망가뜨렸니?"

우유를 반쯤 마시는 동안 잠자코 지켜보고 있던 리술 아저씨가 은근한 목소리로 물었다. 비쨔는 입술을 깨물며 잠시 망설였다. 하지만 리술 아저씨에게는 감추고 싶지 않았다.

"학교에서 퇴학당했어요."

"퇴학당했어?"

"학교에 제 자리가 없어졌어요."

"쯧쯧, 힘들었겠구나. 그래 무슨 일을 저질러 퇴학까지 당했다는 게냐?"

"학교에서 노래를 불렀어요."

"노래를 불러?"

리술 아저씨는 알 수 없다는 표정으로 비짜를 물끄러미 쳐다보았다.

"친구 넷이 어울려 교실에서 기타와 드럼을 치며 노래를 불렀어요."

"친구 넷이 어울려 교실에서 연주하고 노래를 불렀다고 퇴학을 시켜?"

"학생들이 많이 모였어요. 우리 연주를 듣고 싶어 하는 아이들이 많았거든요."

"학생들이 많이 모여 연주를 들었다!"

잠시 생각에 잠겨 있던 리술 아저씨의 얼굴이 어두워졌다.

"학교에서 불러서는 안 되는 노래를 부른 모양이구나?"

"학교에서 불러서는 안 되는 노래라니요? 우리는 우리가 좋아하는 노래를 불렀을 뿐이에요."

"너희들이 좋아하는 노래를 불렀다니?"

"브소츠키의 〈내가 사랑하는 러시아〉 그리고 마르크 베르네스의 〈낭만주의자〉 같은 노래, 그리고 제가 지은 노래를 불렀어요."

리술 아저씨는 이마를 찌푸렸다.

"브소츠키와 베르네스 노래라니, 학교에서 가르치는 노래는 아니로구나."

"학교에서 배운 노래만 불러야 한다는 법이 어디 있어요?"

비쨔는 대들듯 당돌하게 말했다.

"그래도 그렇지 않단다. 학생은 학생 신분에 맞는 노래를 배우고 또 불러야지. 어른들 흉내를 내서야 되겠니."

비쨔는 시틋한 시선으로 리술 아저씨를 쳐다보았다. 리술 아저씨라면 응당 학교 당국의 가혹한 처사를 엄중히 비판하며 비쨔 입장에서 함께 분개하고 억울해하며 위로해주리라 기대했었다. 기대와는 달리 역성을 들어주기는커녕 학교 선생님들이 입에 달고 사는 당국의 방침과 똑같은 말을 타이르듯 주워섬기고 있다니 여간 기분이 언짢지 않았다.

"브소츠키나 베르네스 같은 가수들은 열에 아홉은 당과 정부 시책에 어긋난 내용의 노래를 부르지 않았니. 아마 네가 지었다는 노래도 그와 비슷하겠지. 당국에서는 정부가 국가 전체를 대상으로 정책을 수립하고 펼쳐가고 있는 데 반해, 이들은 개인의 권리와 자유를 부르짖으며 선동하고 있다고 판단하고 금지하고 있는 것이다. 그래서 일반인들도 부르지 못하도록 금지하고 있는데 하물며 학생인 너희들이 부르도록 놓아둘 리 있겠니."

　비쨔는 귀를 틀어막고 싶었다. 왜 어른들은 모두 생각이 똑같을까. 왜 전체만이 중요하고 개인은 함부로 해도 된다는 것일까. 왜 협동을 강조하고 개인의 자유를 노래하면 안 된다는 것일까. 그런 비쨔의 머릿속을 환히 들여다보고 있기라도 한 듯 리술 아저씨는 곧 덧붙여 말했다.

　"비쨔, 내가 네 기분은 다 안다. 내가 학교 당국의 처사가 부당하다는 점을 지적하며 비판해주기를 바랐겠지. 아니면 네가 이해할 수 없는 학교 당국의 처사를 이해할 수 있도록 설명해주기를 바랐을 터이지?"

　"예, 그래요. 저는 학생들을 모아놓고 브소츠키 노래를 불렀다고 제적시키는 학교 당국의 처사를 이해할 수 없어요. 왜 어른들은 우리가 싫어하는 것을 강요하고 좋아라 하는 것을 금지시키는지 영문을 모르겠어요."

　"네가 이해할지 모르겠구나. 어른들은 오랫동안 축적해온 경험과 지식을 토대로 제도라는 것을 만들어놓고 그것에 의해 세상을 꾸려간단다. 그런데 그 제도라는 것에 어긋나는 일을 저지르면 형벌이라는 것으로 엄히 다스리지. 거기에는 공공질서 유지 및 국가발전과 인민복지 실현을 위한 방편이라는 명분이 따르기 마련이란다. 그래 문제는 바로 거기에 있단다. 공공질서 유지 및 국가발전과 인민복지 실현을 위해 펼치는 정부 당국의 정책을 비판하는 내용의 노래를 브소츠키는 끈질기게 불러왔고 결국 체포되어 다들 무서워하는 마가단 강제수용소에 수용되어 있지 않니. 즉 브소츠키나 베르네스는 반체제 가수로 낙인찍힌 지 오래됐다. 그래서 일반인들도 그들의 노래를 부르지 못하게 금지하고 있는데 너 같은 학생들이 부르도록 방임하겠니.”

비쨔는 입술을 삐죽이 내밀었다.

“그러니까 너희들이 학교에서 부른 노래는 어른들이 마련해두고 시행하고 있는 정책과 제도에 어긋나 있기 때문에 제재를 가한 것이란다. 그러나 그것이 꼭 옳은 것인지, 또는 부당한 것인지 나는 말할 입장이 아닌 것 같구나. 국가 시책이나 제도가 원래 표방했던 목적과는 다르게 운영되는 경우가 없지 않은 것 같기도 하고, 또 조선에서 온 나는 순수한 소비에트 연방 인민이라 하기에도 좀 그렇고. 다만 까레이스키(고려인)인 네가 장차 이 나라에서 고생을 덜하고 살아가려면 그 제도라는 것을 거스르지 않고 순종해야 한다는 점을 잘 인식해주었으면 하는 마음에서 이렇게 어려운 말을 장황하게 늘어놓고 있구나. 내가 너무 어려운 말을 하고 있지?”

“아니에요. 어렴풋이 알 것 같아요.”

하지만 리술 아저씨의 말은 궁금증을 풀어주기는커녕 그 궁금증을 더 키워놓았다. 그러나 마음은 훨씬 가벼워진 느낌이었다.

"그런데, 어른들이 좋아하는 노래와 우리들이 좋아하는 노래가 왜 다른지 저는 그 이유를 잘 모르겠어요."

리술 아저씨는 궁금증이 파도처럼 일렁이고 있는 비쨔의 눈을 근심스럽게 쳐다보며 생각했다. 얘야, 아이와 어른은 하는 일이 다르고 생각하는 것이 다르고 삶의 목적도 다르지 않니. 성장해가는 아이들은 현실적 필요와는 거리가 먼, 낭만적 지혜와 사랑의 아쉬움에 젖어 모든 것을 희망의 빛과 불꽃으로 바꾸어놓으려 하지 않니. 그렇지만 가솔을 거느린 어른들은 어디 그래. 절박한 현실적 요구에 노예처럼 매여 살아가야 하고 무엇보다 가족의 행복을 위해 삶의 전쟁터에 내던져진 투사 같은 그런 존재들 아니니. 그러므로 아이들은 늘 사람들의 꿈속에만 있는 자유와 독립, 낭만적 미래와 희망이 불꽃처럼 타오르는 그런 노래를 좋아하기 마련일 것이고 어른들에게는 당장의 휴식과 위안을 주는 추억이 담긴 노래가 필요할 것 아니겠니. 그런 생각을 더듬고 있던 리술 아저씨는 그러나 사뭇 다른 말을 꺼내놓았다.

"세상일에는 합목적적 가치관이라는 게 있기 마련이란다. 어떤 일이 국가경영의 합목적적 가치관에 합당하지 않으면 어른들은 그것을 행하지 않거나 금지하기 마련이란다. 그런데 너희 또래 아이들은 국가경영의 합목적적 가치관이라는 것이 무엇인지 알 필요도 없지 않니. 다만 좋아하고 싫어하고 사랑하고 미워하는 것으로 너희들은 모든 것을 판단하고 이해하지 않니? 그러니까 어른들이 좋아하는 노래와 아이들이 좋아하는 노래가 다를 수밖에 없지 않겠니, 그렇지 않니?"

비쨔는 고개를 갸우뚱 기울였다. 영원히 풀지 못할 어떤 수수께끼라도 받아 든 아이처럼 어리둥절한 표정을 지었다.

5.

교장실을 나와 긴 복도 끝 교실 모퉁이를 돌아나가자 기다렸다는 듯 햇살이 눈부시게 쏟아졌다. 교장실의 어두운 광경이 머릿속을 가득 채우고 있어 햇볕이 쏟아지고 있다는 사실을 까맣게 잊고 있던 사를로따 선생은 부신 눈을 가늘게 뜨고 어렴풋이 가예프의 모습을 알아보았다. 비쨔도 함께 있었다.

"너희들, 다 알고 있었구나?"

비쨔가 고개를 끄덕였다. 갑자기 가예프가 발작적으로 벽을 걷어찼다.

"퇴학인가요?"

발목의 통증 때문인지 얼굴을 찌푸리고 더러운 물건이라도 내동댕이치듯 가예프가 거칠게 물었다. 고개를 끄덕여 수긍해야 한다는 사실이 순간 사를로따 선생은 죽기보다도 싫었다.

"선생님들의 의견이 그렇게 모아졌단다."

선생님들이 힘을 합해 너희들의 장래에 사형선고를 내렸구나. 아무 재능도 없는 아이들, 무익하고 무해한 아이들을 위해 너희들의 창조적인 머리를 잘라버렸구나. 사를로따 선생은 분한 생각에 주먹을 사려 쥐었다.

"상심하지 마세요. 선생님은 저희 편이라는 걸 우린 다 알고 있어요."

비쨔가 도리어 사를로따 선생을 위로했다. 눈물이 솟구쳐 오르려는 것을 애써 참으며 비쨔를 쳐다보았다. 자작나무처럼 헌칠한 키에 참나무처럼 단단한 어깨, 오똑한 콧날과 부리부리한 눈, 이지적인 얇은 입술, 이런 훤한 인상이었으나 노란 피부의 까레이스키였다. 노란 피부의 까레이스키는 백납 같은 피부의 러시아인에 비해 몇 배는 더 노력을 해야 이 세상을 용이하게 살아갈 수 있었다. 사를로따 선생은 생각할수록 그 사실이 안쓰럽고 측은했다.

비쨔는 늘 사람을 놀라게 하였다. 가슴속에 남달리 활활 타오르는 용광로라도 한 틀 지니고 있는 것 같았다. 그가 그린 그림은 사실적이라기보다 지극히 비현실적이고 추상적인 기운이 더 승한 편이었다. 그러나 그 그림은 그때까지 느껴보지 못했던 낯선 감정을, 마치 혼이라도 흔드는 것 같은 강한 기운을 느끼게 하였다. 한 점의 그림 속에 탄생과 죽음 또는 영원한 인류의 꿈같은 것을 다 담고 있는 듯 심오한 충격을 던졌다. 이제 겨우 열여섯 살 아이의 그림에서 인류의 영원한 꿈같은 그런 심오한 기운을 느낄 수 있다니. 이번에 문제가 된 노래도 브소츠키 노래 몇 곡 외에는 대부분 비쨔가 시를 짓고 거기에 스스로 곡을 붙여 노래 불렀다고 했다.

"이제 너희들을 볼 수 없겠구나. 나는 너희들이 그리울 게다."

사를로따 선생은 목이 콱 멨다. 눈물이 솟구쳐 올라 얼굴을 돌렸다.

인사도 하는 둥 마는 둥 비쨔는 이미 등을 돌리고 저만치 달아나고 있었다. 햇볕을 되쏘고 있는 유리창이 즐비한 학교 건물 모퉁이를 돌아 곧 모습을 감추었다. 사를로따 선생이 고개를 들었을 때는 이미 그의 모습이 보이지 않았다.

6.

리슐 아저씨는 한동안 입을 닫고 있었다. 표정이 어두웠다. 자신의 생각을 비쨔에게 강요하고 있는 것 같아 속이 상했다. 왜 좀 더 솔직하게 개인의 자유와 인권을 억압하고 있는 국가제도에 대해 정직하게 비판적인 견해를 밝혀 제시해주지 못하고 빙빙 에둘러 회피하고 있다는 것인지, 자신에게 화가 났다. 그러나 잠시 후 입을 연 리슐 아저씨는 또 같은 내용의 말을

옰

주절거렸다.

"어른들은 모든 사람들이 다 잘살 수 있는 방법을 찾기 위해 늘 궁리하고 기획한단다. 그러나 아이들 때는 자기 자신이 좋아하는 것 외에는 관심을 기울이는 편이 아니지 않니. 그래서 어른과 아이들이 관심을 두거나 좋아하는 것이 다를 수밖에 없는 것 아니겠니."

이런 말밖에 할 수 없는 세상이 리술 아저씨는 저주스러웠다.

"우리도 자라면 어른이 되잖아요?"

"그래, 그렇지만 아직 어리잖니. 너희들 때 부를 노래는 당국에서 제도적으로 정해두었단다. 하지만 비쨔 네 생각이 아주 틀린 것은 아니란다. 아저씨가 말하는 것은 세상이 그렇다는 말이고 네가 좋다면 브소츠키든 베르네스든 누구의 노래를 불러도 무슨 상관이겠니. 하지만 학교 당국에서는 그런 노래를 좋아하지 않는다는 사실을 명심해야 하는 것이다."

"이미 그런 걸 따질 필요가 없게 됐잖아요. 학교에 우리 책상은 없는걸요."

비쨔는 천천히 도리질을 했다.

"그래…… 언젠가 비쨔, 너 구름을 좋아한다고 했지?"

"예, 구름은 온갖 재미있는 형상을 만들어 보이고 또 어떤 때는 마음을 어루만져주는 마력을 지녔거든요."

"더구나 해 질 녘 석양을 바라보고 있노라면 주황빛으로 물든 구름이 보는 사람의 가슴속에 많은 노래를 지어주고는 하지 않던?"

"그래요, 아저씨. 아저씨는 역시 타고난 시인이세요. 황혼 녘 주황빛으로 타들어가는 구름을 보고 있으면 가슴속에 저절로 노래가 솟아오르며 소용돌이치는 것 같았어요."

"그런데, 그 구름들은 자기들이 짓고 싶은 모양을 스스로 짓고 만드는 것일까?"

"글쎄요?"

"구름도 우리 사람들과 다를 바 없단다. 사람이 자기가 하고 싶다고 다 할 수 있는 것이 아니듯, 구름도 자기 뜻대로 만들고 싶은 형상을 다 만들 수 있는 것은 아니란다."

비쨔는 뜨악한 표정으로 리술 아저씨를 쳐다보았다.

"사람이 자기가 갖고 싶은 걸 마음대로 다 가질 수 있는 것이 아니고, 사회가 정해둔 어떤 제도를 따르고 환경의 지배를 받고 남의 권익을 침해해서는 안 되듯 구름도 제 마음대로 흘러갈 수 있는 것이 아니고 어떤 형상을 마음대로 다 만들 수 있는 것도 아니란다. 대기권의 기온이나 기류에 의해 구름이 생성되기도 또는 소멸되기도 하는 것이지. 그리고 구름은 바람에 민감하게 반응하기도 하고."

비유가 적절한지 신경이 쓰였으나 비쨔는 알아듣겠다는 듯 고개를 끄덕였다.

"비쨔, 할아버지가 시베리아 동쪽 끝 연해주에서 오셨다고
했지?"

대답 대신 고개를 끄덕였다. 일순 낯빛이 어두워졌다. 돌이
켜 생각할 때마다 할아버지의 일은 속상하고 언짢았다.

"할아버지 할머니는 연해주에서 중앙아시아로 오고 싶어서
온 줄 아니?"

비쨔는 도리질을 했다.

"그래 오고 싶어서 온 게 아니란다. 그때 하바롭스크, 블라
디보스토크, 우스리스크, 포시에트, 핫산 등 연해주에 살고 있
던 조선족들을 스탈린이 중앙아시아로 강제 이주시켰기 때문
에 어쩔 수 없이 옮겨온 것이었지."

함부로 입에 담을 가벼운 이야기가 아니었다. 더구나 어린
비쨔가 그 내용을 제대로 알아듣기나 하겠는가. 어쨌든, 일
제 치하 조선에서 많은 주민들이 연해주로 이주해 갔다. 이 이
주민들은 벼농사에 적당치 않은 그곳 석회질 땅을 10년, 20
년 피땀 흘려 옥토로 가꾼 나머지 마침내 벼농사에 성공했다.
벼농사에 성공한 이주민들은 윤택한 생활을 영위하며 현지인
들의 부러움을 샀다. 현지인들의 부러움을 살 만큼 안락한 생
활을 누리고 있던 연해주 일대의 조선족 이주민들에게 1937
년 날벼락이 떨어졌다. 영문도 모른 채 죄수처럼 일제히 강제

로 연행되어 화물열차에 짐짝처럼 태워졌다. 한 달 남짓 시베리아를 관통해 달리던 화물열차가 도착한 곳은 중앙아시아의 허허벌판이었다. 조선족 이주민들은 그 허허벌판에 버려졌다. 소비에트 정부의 조치라는 것만 알려졌다.

"연해주 현지인들이 벼농사를 가로채고 싶었던 거군요?"

"아니다. 나도 들은 이야기다만, 일본과 조선족 관계를 단절시키기 위한 소비에트 정부의 특단의 조치였다는구나."

"그래요, 정부 당국에서 하는 짓이란 다 그렇다니까요."

비쨔는 두 주먹을 불끈 쥐었다.

"이왕 말이 났으니 하는 말인데, 네가 장차 무슨 일을 하든 꼭 이 꽃 하나만큼은 기억하도록 하렴. 너, 중앙아시아에 가본 적 있다고 했지?"

"예, 끄질오르다 할아버지 댁에 몇 번 다녀온 적이 있어요."

"그럼 따마리스크라는 꽃을 봤겠구나?"

"따마리스크?"

비쨔는 고개를 저었다.

"중앙아시아 들판에 흔하게 피는 꽃이란다. 가느다란 줄기에 작은 팥알 같은 분홍색 꽃들이 무수히 달려 있는 것인데, 조선족들이 이주해 온 이후에 그 꽃 색깔이 한결 선명하고 고와졌다는구나."

조선족들이 중앙아시아 소금사막에 버려진 것은 겨울로 접

옳

어들 무렵이었다. 화물열차에 짐짝처럼 포개져 실려 오는 동안 병을 얻어 죽은 노인과 어린애들이 부지기수였다. 죽지 않은 사람들도 쇠약해질 대로 쇠약해져 있었다. 나무 한 그루 바람막이 될 만한 바위 하나 없는 허허벌판에 버려진 그들은 살아갈 길이 막막했다. 마실 물도 먹을 음식도 없었지만 맹렬한 추위가 더 무서웠다. 멀고 가까운 곳에 사는 카자흐스탄 현지인들을 찾아다니며 연장을 빌려 와 언 땅을 파고 기어들어 가 웅크리고 서로의 체온에 의지해 추위를 견뎠다. 현지인들이 베푼 온정에 의존해 겨우 연명했지만 물이 맞지 않아 배앓이로 죽어나가는 어린애와 노인들이 나날이 늘어갔다. 살아남아 봄을 맞은 사람은 반수에도 이르지 않았다.

드디어 땅이 녹고 싱그러운 바람이 불어왔다. 들판에 풀이 나고 꽃이 피었다. 들판의 꽃들 가운데 소담스럽게 무더기를 이루어 피어 있는 팥알 같은 분홍색 꽃이 유독 조선족 이주민들의 눈길을 끌었다. 처음 보는 소담스러운 자태에 마냥 마음이 끌렸다. 마음 끌리는 대로 무심코 꽃으로 다가간 조선족들은 으레 기겁을 하고 놀라 뒷걸음치기 마련이었다. 꽃대 밑에 하얀 뼈가 보였던 것이다. 지난겨울 아이를 묻은 곳이었다.

"같은 꽃이라도 다른 데 핀 것보다 아이들 묻힌 데 핀 것이 유난히 색깔이 짙고 아름답더란다. 그게 바로 따마리스크라

214

는 꽃이다."

"까레이스키 아이들의 혼이 피워낸 꽃이었군요."

"언젠가 비쨔, 그 아이들의 혼령을 위로하는 시를 꼭 지으렴."

그 말에 비쨔는 입술을 꾹 깨물고 한동안 깊은 생각에 잠겼다.

7.

무엇에 대한 '옭'*이었을까. 그로부터 12년 후, 소비에트사회주의공화국연방은 해체되고 말았다.

---

* 일을 잘못한 데 대한 갚음. '사람들에게 모질게 한 옭으로 받는 고통'.

… 밎 …

1.

안개로 뱃길이 막힌 지 이틀째 되던 날 덕에게서 전화가
왔다.

섬은 종종 뭍과 막막하게 단절되었다. 지척을 분간할 수 없
을 만큼 짙은 안개가 낀 날은 물론 파랑주의보가 내린 날이나
태풍주의보가 발령된 날도 뱃길이 끊어졌다. 몇 해 전 8월 끝
무렵인가, 태풍주의보에서 태풍경보로 기상특보가 상향 조정
되며 폭풍우가 계속되자 네댓새 배가 뜨지 않은 적도 있었다.
대기 변화가 무상한 여름철에 주로 일어나는 자연현상 때문
이었다.

전화번호를 본 순간 가슴이 철렁 내려앉았다. 받아야 할까,
아니면 그냥 울리다 그치기를 기다릴까. 내키지 않았으나 전
화를 받았다. 간단한 수인사를 나눈 후 두어 숨 머뭇거리는
기색이더니, 아니나 다를까 용문 한번 다녀가세요, 하였다. 용
문에 발길을 끊은 후 거듭 들어온 거북하고 부담스러운 청이
었다. 혼자 버려져 있으니 죽고 싶은 마음뿐이라 하기도, 마을

사람들의 얕잡아보는 눈치에 지내기가 힘겹다고도 했다. 지난날 내게 서운하게 했던 일이며 함부로 했던 일들을 들먹이며 뒤늦게 용서를 빌기도 했다. 늘 어슷비슷한 내용이었다. 옛날로 되돌아가자는 하소연이었다. 그동안, 부드럽게 이런저런 핑계를 대며 그 청을 물리쳐 왔다. 그러나 거북한 청을 반복해서 듣고 있으려니 역정이 났다. 이미 오래전에 서로의 입장을 정리하지 않았던가. 이렇듯 불편한 관계를 애매하게 이어갈 까닭이 없었다. 잠시 심호흡을 하며 마음을 가다듬은 후 단호하게 말했다.

같이 지낼 때, 돈 버는 재주를 타고나지 못한 내 무능을 얼마나 심히 타박했던가. 뿐인가, 내가 집을 떠나겠다고 하자 만류하기는커녕 얼마나 홀가분해했는가. 늘 귀찮은 물건 취급당하며 언짢게 지냈던 기억밖에 없는 내가 어찌 다시 용문으로 돌아가겠는가. 게다가 섬에서 혼자 끓여 먹으며 지낸 지도 벌써 십 년 가까이나 되었다. 그런데, 어찌 그 세월을 되돌릴 수 있겠는가.

한마디 대꾸도 하지 못하고 묵묵히 듣고만 있는 것이 안쓰럽기는 했다. 잠시 숨을 고른 다음 목소리를 낮추어 다독이듯 고쳐 말했다.

내야 빈털터리지만 그쪽이야 용문에 땅과 집이 있지 않느냐. 수억 원을 호가하는 그 재산만으로도 아쉬운 것 없이 여생을 편안히 지낼 수 있을 것인데 무슨 걱정이냐. 거북한 짐이 나 될 뿐 아무 도움도 되지 않을 나 같은 존재는 이제 세상에 없는 것으로 치부하고 꿋꿋이 살아가라고 당부하며 달랬다. 그러자 돈이 다 아니지 않느냐고 목소리를 죽여 응대했다. 돈 보다 귀한 것? 그 말에 울컥 울화가 치밀었다. 하지만 치밀어 오르는 울화를 꾹 눌러 참으며 입술을 깨물었다.

2.

'가는 곳이 곧 내 종명지(終命地)가 될 것인가!'

먼지처럼 가벼운 책만 가득 실은 이삿짐 트럭 앞자리에 앉아 한산도로 내려올 때 나는 허공 속으로 걸어 들어가는 것처럼 허허로웠다. 양평 용문산 자락 양지바른 언덕에 자리 잡은 집은 정이 들 만큼 깊이 들었다. 산속이라 오히려 유럽풍의 하얀 양옥이 돋보일 것이라며 자기 구상을 한번 믿어보라던 친분이 두터운 건축설계사의 지혜와 정성이 고스란히 담겨 있는 집이었다. 잔디나 깎고 화초를 가꾸거나 남새밭이나 일구며 숨죽이고 그냥 국으로 지내면 생활에는 부족한 것 없는 곳이었다. 지난 십수 년 동안 그래왔던 것처럼 지각과 감각의 더듬이를 다 죽이고, 덕이 하찮게 여기는 책상머리 습관을 털어버리고 한 마리 작은 짐승처럼 왜 살지 못하겠는가. 육신을 고달프게 부려야만 간신히 생계를 꾸려갈 수 있는 각박한 세상살이를 감안하면 얼마나 축복받은 생활인가.

더구나 이순을 넘겨 몸이 날로 쇠약해지고 있었다. 근력이나 생기가 옛날 같지 않았다. 책상 앞에 앉아 책을 펼친다 해도 전과 같이 술술 읽히지 않았고 컴퓨터를 열어 자판을 두드려도 별 진척이 없었다. 살아온 날들의 장구함에 비하면 남아 있는 날이야 얼마나 되겠는가. 그렇다 해도 본디 하려는 일이 돈벌이와는 사뭇 거리가 먼 터, 다른 재주 없이 빈손으로 한산도로 내려가 앞으로 다가올 나날을 어찌 감당해낼 수 있을 것인가. 그런 걱정이 없지는 않았다. 그러나 의식주 어느 것 하나 부족한 것 없는 용문에서의 그 편안한 생활에 안주할 수가 없었다. 육신의 욕구는 소홀히 하는 대신 정신의 욕구에 충실해온 성정이 그 편안한 생활을 완강히 거부했던 것이다.

주저와 망설임이 따르기는 했다. 하지만 불안한 미래를 향해 성큼 발걸음을 내딛는 데는 별다른 용기가 필요하지 않았다. 다른 사람들의 이해나 납득을 기대할 수 없는 나만의 다급한 속사정이 있었기 때문이다. 다른 사람들에게는 웃음거리에 지나지 않을지도 모를 그러나 내게는 매우 절박한 속사정을 여기서 어찌 다 밝혀 제시하겠는가. 아무튼, 트럭이 산길을 내려올 때 다시는 돌아올 일이 없겠다 생각하니 서운하고 아쉬운 마음이 없지는 않았다. 덕이 혼자 남아 있는 집을 몇 번이나 뒤돌아보았다. 그러나 다음 순간 저도 모르게 안주머니로 손이 갔다. 가까운 장래에 반드시 맞이하게 될 죽음에 대비해 어렵사리 마련한 유체처리 비용과 현지 경찰서장 앞으로 작성한 유서가 거기 들어 있었다. 언제 어디서 어떻게 죽음과 만나게 될지 어찌 알겠는가. 유서에는 기필코 무연고 사체로 처리해줄 것을 간곡히 부탁하는 내용이 담겨 있었다.

마지막 모퉁이를 돌아 산길을 다 내려올 때까지 덕은 끝내 모습을 보이지 않았다.

3.

나는 대의명분을 바로잡아 밝히는 즉, 정명(正名)을 세상살이의 으뜸 기준으로 삼아왔다. 그런 입장에서 보면 이런 것을 죄라고 명명할 수 있을는지 망설여지기는 한다. 그러나 돌이킬 수 없는 일에 대한 후회가 한 사람의 생애를 망가뜨릴 수도 있다는 점을 감안하면 그것을 죄라 하고도 남음이 있을 것 같았다. 그런 짐작으로 후회를 켜켜이 짊어진 내가 어찌 죄인이 아니라 할 수 있겠는가, 하고 명토 박듯 스스로를 죄인으로 자처하고 있었다.

오랫동안 나는 온몸으로 '후회'라는 병을 앓아왔다. 그 병이 하도 깊어 밤잠을 설치기가 일쑤였다. 생각이 도발하여 생긴

'후회'라는 병을 앓고 있는 나를 세상 사람들은 어리석다며 비웃을지 모르겠다. 하지만, 나로서는 통절했다.

직장에 매여 출퇴근을 하고 일에 쫓기며 경황없이 살 때는 몰랐었다. 그러나 제도와 법률이 규정해둔 나이에 이르러 퇴직을 하게 되자 사정이 돌변했다. 몸이 일로부터 놓여나자 심신이 홀가분해졌음은 물론 전에 누려보지 못했던 자유가 한꺼번에 무슨 큰 선물처럼 주어졌다. 몸이 한가하게 자유를 누리게 되자 따라서 생각이 많아졌다. 생각은 매사 몸과 마음의 주인행세를 하려들었다. 그리고 생각은 제 세상이라도 만난 듯 자유자재로 날아다니며 상상의 집을 짓기도 하고 허물기도 하였다. 그렇듯 마음껏 활개를 치며 날아다니던 생각이 어느 날 내 소년시절 어느 한 시점 위에 날개를 접고 앉았다. 날개를 접고 앉은 생각은 그 소년시절의 시점으로부터 오늘에 이르기까지 내가 살아온 지난날의 기억을 두루마리를 펼치듯 주루룩 펼쳐 보였다. 문득 선물처럼 주어진 자유가 뜻하지 않았던 동티를 낸 것이었다. 기억은 소년시절 내가 품었던 포부와 꿈을 상기시키며 나를 꾸짖고 추궁하며 닦달하기 시작했다. 철없던 한 시절 세상을 얕잡아 보며 한없이 혈기 방장했었다. 그러나 그 배포를 어디다 팽개쳐버렸던지 평소 소소한 일에도 쩔쩔매고 허둥거리며 좀스럽게 지내온 지난날의 족적을 상기하며 되돌아보려니 수치심에 얼굴을 붉히지 않을 수 없었다. 부끄럽고 민망스러웠다. 그로부터 나는 '후회'라는 병을 앓게 되었던 것이다.

열정이 지혜를 앞지르기 마련인 어릴 적 한때의 기고만장을 어떻게 변명해야 할까. 지금 돌이켜보면 겸연쩍고 민망스럽기 짝이 없지만 내 소년시절 대부분은 감성이 지성을 우습게 여겼던 나날들이었다. 종작없이 덤벙댔을 뿐 경험과 연륜의 막강한 능력을 어찌 알았겠는가. 아는 것만큼밖에 보이지 않는다는 이치도 당연히 도외시했다. 도수 없는 얄팍한 안경으로 바라본 것을 세상의 전부인 것으로 치부한 철없던 시절이었다. 무식하면 용감하다고 했던가. 고등학교 2, 3학년 무렵 나를 포함한 내 주변 친구들은 세상을 아주 우습게 보았다. 우리가 살아갈 세상은 우리 손으로 새롭게 지어가야 하리라고 목청을 높였다. 이미 존재하는 것들의 가치는 깡그리 무시한 채 아직 오지 않은 미래의 가치만을 동경하며 허공에 망상의 그림을 그리는 데 열정을 쏟았다. 인류가 쌓아온 지식의 아득한 높이를 알아볼 만한 안목이나 지각도 갖추지 못한 청맹과니 같은 주제에 어렵사리 손에 넣은 몇 권의 책에서 눈요기한 설익고 어설픈 지식을 뽐내며 건방을 떨었다.

우리들은 동아리를 꾸려 작품 토론회를 갖기도 하고, 시화전을 열기도 하였다. 우리가 개최한 여러 행사 가운데 '밤·시·젊음의 초대 작품 낭송회'가 백미였다. 문예반 담당 선생님들이 찾아와 낭송회를 지켜보기도, 지역 문인들이 방문하여 관심을 나타내기도 했다. 그러나 우리는 그런 어른들의 관심을 알량하게 여겼고 백안시하였다. 심지어 당시 이름이 널리 알려진 저명한 시인이 낭송회장에 나타났으나 달려가 반색하며 인사를 차린 친구는 하나도 없었다. 우리들 중에는 도스토옙스키를 우습게 여기는 작가 지망생이 있었고, 괴테나 릴케를 반드시 넘어서고야 말겠다고 공언하고 다니는 시인 지망생도 있었다. 이런 천둥벌거숭이들 눈에 어찌 미당이며 청마 정도가 눈에 들어오기나 했겠는가.

우리 중에는 역사적 인물들을 희롱거리로 삼는 친구도 있었다. 수천 년 동안 인류에게 지혜를 공급해온 성현들도 반드시 극복되어야 할 대상으로 여기며 기필코 그들을 추월하고야 말겠다고 터무니없이 의기양양해했던 친구도 있었다. 그래, 참 어처구니없고 철없던 시절이었다. 그 또래 친구들 사이에 섞여 누구에게 조금이라도 뒤질세라 열변을 토하며 기세등등했던 옛날 내 모습이 상기되자 수치심에 얼굴이 뜨거워졌다.

그렇듯 기고만장했던 우리들 가운데 그때의 호언장담을 실현한 친구가 하나라도 있었던가. 철없던 한때 분수 모르고 대중없이 덤벙댔을 뿐 그것이 도대체 가당키나 하고 이루어질 법이나 한 꿈이었던가. 다행이라 할까, 우리 중에 그런 원대한 꿈을 오래 간직하고 시달림을 받은 어리석은 친구는 하나도 없었다. 철이 들자 기꺼이 세상 흐름에 편승하였고 예외 없이 생활의 노예로 전락해갔다. 세상살이에 무슨 뾰족한 수가 있겠는가. 순순히 숨죽이고 꾸역꾸역 나이를 먹어가는 도리밖에 별다른 방편이 없었다. 나 역시 마찬가지였다. 나이를 먹어감에 따라 지각의 눈이 조금씩 열려가는 느낌은 없지 않았다. 그러나 어찌된 영문인지 세상 이치를 조금씩 깨우치며 지각의 눈이 열려감에 따라 용기는 거기에 비례하여 점점 줄어들어갔다. 철없이 혈기 방장했던 소년시절의 무모한 꿈은 얼마 가지 않아 까맣게 잊혀졌고 세상살이가 용이하지 않다는 차가운 현실 인식이 그 자리를 대신 차지하고 앉았다. 따라서 매사 고개 숙여 순종하거나 타협하지 않고서는 세상살이가 고달프다는 깨달음에 길들여져 갔다. 다시 말해, 세상이란 자기 마음에 들도록 고쳐 살아갈 수 있는 것이 아니라 주어지는 대로 순응하며 살아가야 한다는 엄혹한 현실을 뒤늦게서야 깨닫게 되었던 것이다.

4.

우리들 모두가 간단히 뜻을 접은 것은 아니었다. 현실에 무릎 꿇기 전까지 품은 뜻을 이루기 위해 나름 애를 쓴 친구도 없지 않았다.

나도 그 가운데 하나였다. 돈을 요구하는 학교라는 제도적 혜택을 누릴 수 있는 처지가 아니었으므로 일찍부터 나는 학교 대신 가까운 대본소를 들락거리며 책을 벗 삼았고 고전과 성현들의 가르침을 마땅한 지혜 터득의 방편으로 삼았다. 많이 읽고 많이 생각하고 많이 써야 일찍이 품은 뜻을 이룰 수 있으리라는 가르침에 따라 실행에 모자람이 없도록 마음 졸이며 각고의 노력을 기울였다. 뿐만 아니라 몸과 마음을 닦는 데 게으름이 없도록 단속하며 열정을 쏟았다. 그러나 무엇이 모자랐던지 쉽사리 손에 잡히는 것이 하나도 없었다. 애면글면하는 내가 안타까웠던지 언젠가 '세상이라는 책을 읽어내는 밝은 눈'을 갖추게 되면 반드시 뜻을 이룰 수 있으리라 귀띔해준 어른이 있었다. 그러나 어찌해야 세상이라는 책을 읽어낼 수 있는 밝은 눈을 갖출 수 있단 말인가. 경험과 연륜이 쌓이면 자연스럽게 그런 혜안을 지니게 될 수도 있으리라는 암묵적 약속이 없지 않았으나 그 약속이 이루어질 날은 아득해 보일 따름이었다. 중장년을 지나고 이순을 넘긴 나이에 이르렀음에도 불구하고 아직 그 약속은 이루어질 것 같지 않았다. 이토록 오래 세상을 겪고도 아직 세상을 읽는 혜안을 갖추지 못하고 암중모색을 계속하고 있다니, 나는 절망적인 심정으로 고개를 저었다. 돌이켜 생각해본즉, 지금까지 하늘이 베푼 것을 받기만 했지, 한 번도 갚아본 기억이 없었다. 이런 비천한 재주로 무엇을 이룰 수 있었겠는가. 수치스럽고 민망스럽기만 했다. 평생 쌓은 수치스러움과 민망스러움이 이처럼 키를 넘으니 죄를 져도 크게 진 것에 틀림없었다. 이 부끄러운 죄를 어찌하면 씻어낼 수 있단 말인가. 아무리 아등바등해도 궁리가 트지 않았다. 어릴 적 꿈을 이루지 못한 것이 어디 나 하나뿐이겠는가. 그렇다면 이 부끄러운 죄를 진 채 세상을 떠난다고 해도 누가 나를 책망하거나 흉을 보겠는가. 그렇다고는 해도 아무렴 이대로 주저앉고 만단 말인가. 아니라면, 어떻게 한번 시도라도 해봐야 하는 것 아닌가. 그래 이 부끄러움을 조금이라도 덜어내고 지울 수 있는 방법이 있다면 그 방법을 찾아 한번 시도라도 해보는 것이 온당하지 않겠는가. 어떻게 이러저러 더듬다보면 무슨 손에 잡히는 것이 하나라도 있을지 누가 알겠는가.

부끄러운 죄를 조금이라도 씻어내야만 마음 편하게 세상을 뜰 수 있을 것 같았다. 그렇지만 그 죄를 덜어내려면 어떻게 해야 할까. 한동안 그 궁리에 골머리를 싸매고 밤잠을 설치며 허둥거렸다. 그러나 부끄러운 죄를 조금이라도 덜어낼 수 있는 방법은 좀처럼 떠오르지 않았다. 그냥 막연히 집을 벗어나야 그 기회를 잡을 수 있으리라 생각되었다. 으레 해가 뜨고 지는 것처럼 한없이 반복되는 일상이 문제로 짐작되었다. 일단 그 일상의 울타리를 벗어나야만 죄를 씻을 기회를 얻을 수 있을 것이리라. 그렇게 생각되었지만 필요한 모든 것을 갖추고 안락한 생활을 제공하는 일상을 탈출하려니 용기와 비상한 결단이 필요했다. 반복을 거듭하는 일상은 언제나 익숙한 습관과 편안한 생활을 제공하였다. 그러므로 일상을 탈출한다는 것은 곧 낯익은 것들과 편안한 생활을 등지고 고생길로 접어든다는 것에 다름 아니었다. 누가 고생을 스스로 지어 가까이하고 싶겠는가. 집을 등지고 떠나야 한다는 결론은 내려졌으나 망설임이 거듭될 뿐 실행이 마냥 늦춰졌다. 다른 까닭 때문이 아니었다. 고생길에 선뜻 발을 내딛지 못한 졸렬함 때문이었다. 그래서 목련이 뚝뚝 지며 허망을 환유하던 무렵 시작된 그 번민이 꾀꼬리 소리가 온산을 채우고 햇살이 유난히 따가운 철을 지나서도 계속 이어졌다. 서늘한 기운이 이마를 스쳐 가고 바람이 가지를 흔들 때마다 밤나무가 후두둑 후두둑 밤톨을 떨어뜨릴 무렵이 지나서야 나는 겨우 한산도에 정처를 정하고 결심을 실행에 옮기게 되었다. 설악산에서 시작된 단풍의 이동경로가 지리산 어름에 이르렀을 무렵 설핏 살얼음이 낀 늦가을 어느 날 이윽고 이삿짐 트럭에 낡은 책을 가득 싣고 한산도로 내려왔던 것이다.

5.

한산도 생활은 시간이 몽땅 다 내게 주어졌다. 내가 마음대로 써도 되는 시간이 하늘까지 층층이 쌓여 있었다. 따라서 종전 삶의 문법이 소멸하였다. 문명의 시간이 자연의 시간으로 바뀐 한산도의 시간에 처음에는 어리둥절했다. 기계에 의해 조절이 가능하던 시간은 내게서 사라졌다. 육신의 리듬이나 놀림에 의해 시간은 느리고 한가롭게 사용되었다. 달맞이꽃이 겪는 엄숙한 순차적 시간이 내게 주어졌던 것이다. 봄이 되면 싹을 틔우고 점점 잎이 나고 때가 이르면 꽃을 피워 달을 쳐다보는 달맞이꽃이 맞이하고 보내는 결코 거역할 수 없는 자연의 순차적 시간을 나는 따라가지 않을 수 없었다. 종전의 기계문명의 혜택을 받은 문화적인 삶의 문법으로부터 이탈해 아침과 저녁, 낮과 밤을 맞이하고 보내는 내게 예전의 익숙한 '하루'가 찾아올 리 없었다. '생활'이 함유한 따뜻한 정과 출렁거림을 동반한 세속적인 기쁨을 무슨 부질없는 군 때[垢]처럼 여기며 지내온 내게 한산도의 나날은 구원처럼 여겨졌다. 내게 주어진 유일한 자산인 무한대의 외로움, 그 허공에 상념의 씨를 뿌리고 가꾸며 지내는 내게 찾아오는 나날들을 무슨 언어로 어떻게 명명해야 할까.

'사람이 죽었을 때 그는 도대체 어떻게, 그라는 인간만이, 정신적인 의미에서 살 수 있었던가, 하는 비밀을 가지고 가버린

다.'는 어느 문필가식 수수께끼의 범주에서 생각해보는 것이 옳을까. '우리는 누구나 남에게 다 알려지지 않고 죽는다.'라는 격언을 상기하며, 표현이 서툰 것을 핑계로 말문을 닫고 인내하다 떠나면 적당히 비밀을 간직할 수 있는 셈은 되는 것인가. 아니면, 너덜너덜한 책 위에 허공처럼 눈이 퀭 뚫린 해골이 덩그렇게 놓여 있고 그 옆에 비스듬히 기울어진 와인잔, 막 불이 스러져 연기가 오르고 있는 등잔, 동작을 멈춘 시계 등 인생무상을 강렬하게 직유하고 있는 '바니타스 정물'에 빗대 나를 은유할 것인가.

사시사철 낚시꾼이 끊이지 않는 섬 생활 10여 년, 그동안 나는 한 번도 낚싯대를 잡아본 적이 없었다. 바다가 아닌 하늘에다 대신 낚싯대를 던져놓고 생각을 낚는 데에 여념 없었다. 아무 제한받지 않고 하늘에다 이런저런 그림을 멋대로 그리다 홀연히 자취를 감추고는 하는 구름처럼 형상 없는 생각의 그림이나 끼적이며 지내는 내 하루도 따라서 아무렇게나 방임이 허락되어 있으리라 짐작할 수도 있을 것이다. 하지만 내 속을 알 턱이 없는 다른 사람의 짐작이 어찌 어금지금이라도 하겠는가. 그런 방임은 그러나 단 하루도 내게 주어지지 않았다. 내 스스로 방임이나 유유자적을 허락하지 않았다. 비록 예전의 일상적인 생활이 소거된 하루라 할지라도, 매시간 나는 또 다른 부자유 속에 흔쾌히 구속되어 생활해왔

다. 누구로부터 부여된 구속이 아니라, 스스로 선택한 구속이
므로 그 강도가 헐거우리라 짐작할 수도 있을지 모르지만 결
코 그렇지 않았다.

　이런 말은 꺼내기가 여간 쑥스럽고 민망스럽지가 않다. 경
험이 녹아든 지혜가 시키는 것임을 전제로, 마음을 따라 행하
면 모든 일에 흥잡을 데가 없다는, 종심의 나이를 감안하여
용기를 내도 쉽사리 입이 잘 떨어지지 않는다. 그렇지만 어쩌
겠는가. 사실 아닌 것을 꾸며 말할 이유는 없지 않겠는가. 앞
서 내가 '죄 타령'을 한 것은 다른 까닭이 아니다. 소년시절 품
은 뜻을 이루지 못한 회한을 에둘러 말한 것이다. 이 나이까지
아직 한 번도 어디서 입 밖에 낸 적은 없지만 나는 소년시절,
아직 세상에 존재하지 않은 그러나 꼭 있어야 할 아름다운 소
설 한 편을 써내리라 굳게 결심했었다. 그 결심이 어찌나 견고
하게 내면화되어 있었던지 모든 생활이 그 결심을 중심으로
엮어져 왔다. 그동안 읽어온 책의 영향도 없지 않았을 것이다.
선인들이 남긴 책에는 탐욕에 맹종하며 수단방법을 가리지
않고 이룬 부자의 행태를 혐오하고 가난하지만 글을 읽고 쓰
며 올바르게 살아가는 선비의 고결한 삶을 동경하도록 부추
기는 내용들이 많았다. 그런 내용이 마음속 깊이 아로새겨져
내 삶의 좌우명이 되었을 것이다. 일찍이 나는 어려움 없이 넉
넉하게 살아갈 수 있는 여건이 주어진 것을 마다하고 혈혈단

신 빈주먹을 쥐고 서울로 튄 적이 있었다. 서울에서도 돈벌이와는 거리가 먼 영세한 출판사나 잡지사 같은 직장에서 편집일을 하며 곤궁하게 살아왔다. 그것도 그 영향이 내면화되어 어릴 적 꿈을 버리지 못한 탓이었을 것이다. 그러나 꿈만 야무졌지 실제 그 꿈을 이루지는 못했다. 30여 년을 늘 내일 또 내일을 기약하며 막막하게 지내왔을 뿐, 하나 이룬 것 없이 어느 사이 문득 세상 뜰 나이에 들어서고 말았던 것이다.

어느 날 문득 정신을 차리고 보니 허망한 과거를 손에 쥐고 망연히 달력을 쳐다보고 있었다. 이제 내게 남아 있는 날이 결코 많지 않다는 사실이 무슨 청천벽력처럼 머리를 쳤다. 그로부터 내가 맞이하는 나날은 무슨 고문에 쓰이는 형구처럼 나를 옥죄거나 닦달해댔다. 이제라도 늦지 않았다. 세상에서 가장 빛나는 소설, 세상의 어둠을 환하게 밝힐 수 있는 의미 있는 소설을 한 편 꼭 써내야 하리라. 그래 그 일을 위해 고생밖에 길이 없다면 어찌 고생인들 겁낼 것인가. 그런 과정과 번민을 거쳐 나는 스스로 고생길로 들어섰던 것이다. 손수 끓여 먹고 손빨래하며 10여 년을 지냈다. 그러나 그동안 마음만 숯처럼 새까맣게 타들어갔을 뿐 아직 뜻을 이루지 못해 초조해하고 있는 것은 예나 지금이나 다름없다. 그런 내게 어찌 방임이니 유유자적이니 하는 사치가 주어지겠는가. 하루도 한가한 날 없이 오로지 형벌을 감내하는 삼가는 마음으로 조바심을 처왔던 것이다.

6.

한산도 생활은 매우 규칙적이다. 나는 늘 내게 다짐한다. 몸이 말을 듣지 않는다는 핑계는 대지 말라. 머리가 굳어 말을 듣지 않는다는 핑계도 대서는 안 된다. 몸이 필요로 하는 것을 충분히 제공하면 몸이 말을 듣지 않을 까닭이 없고, 머리가 필요로 하는 것을 넉넉히 제공하면 머리가 말을 듣지 않을 까닭이 없으리라고 나는 늘 나를 다그쳐왔다. 그래서 삼시 세끼는 반드시 챙겨 먹고 산책과 운동을 적당히 곁들이며 잠은 충분히 자도록 했다. 그러면 몸이 말을 듣지 않을 까닭이 없으리라 믿었던 것이다. 또한 책을 읽어 정신을 풍요롭게 하고 사물과의 대화로 사유의 볼륨을 두툼하게 해두면 자연 윤활유를 바른 것처럼 머리가 원활하게 돌아가리라 철석같이 믿어왔다. 그리고 그 실천을 생활의 기본으로 삼아 게으름을 멀리해왔던 것이다.

눈치 빠른 사람은 이미 짐작했을지 모르지만, 나는 매시간 구상 중인 작품 속 주인공을 호출하여 대화를 하거나 어디든 동행하고는 했다. 작품 속 인물이므로 실체가 없을 것은 분명하다. 실체가 없을 것이므로 어떤 구체적인 지각의 대상은 아

닐 것이다. 구체적인 지각의 대상이 아니므로 현실적인 구속
이나 번민의 대상은 아님이 분명할 것이다. 그러나 내게는 실
체적인 것에 결코 못지않게 버겁고 만만치 않은 상대였다. 몸
이 치르는 수고는 계량이 가능할지 모르지만 정신이 치르는
수고는 계량이 불가능하다는 이유로 엄살을 피우려는 것이
아니다. 정신이 치르는 수고가 몸이 치르는 수고보다 훨씬 더
통렬하고 고통스러울 수 있다고 감히 말하고 싶을 뿐인 것이
다. 그래 나는 정신이 치르는 치열한 수고를 이곳 한산도에서
10여 년간 생생히 겪어왔던 것이다.

얼마 전 가을 끝 무렵이었다.

그날도 나는 구상 중인 작품 속 인물로부터 부여받은 난제
의 중량에 부대끼며 봉암 몽돌해변을 찾았다. 거처로부터 걸
어서 한 시간 남짓 소요되는 거리에 있는 몽돌해변은 지난
십여 년 동안 내게 '상념의 단련장'으로서 혹은 '번민 해우소'
로서의 구실을 톡톡히 담당해온 소중한 명소였다. 윤기 자르
르 흐르는 호두알 크기의 까만 몽돌이 해안을 따라 길게 펼
쳐져 있는 그곳 해변은 음악 연주를 그친 적이 없었다. 지구
의 나이를 상념하게 하는 몽돌을 손에 쥐고 눈을 감고 앉아
있으면 물결을 따라 오르내리는 몽돌이 '모든 별들은 음악
소리를 낸다'는 케플러의 악보에 따라 신비한 우주의 음악을
연주하고는 했다. 구겨놓은 은박지처럼 윤슬로 반짝거리는

바다를 바라보고 있으면 그보다 더 눈부신 화폭이 따로 없을 것 같았다.

늦가을 공기는 투명하고 햇볕이 쏟아지고 있는 바다는 윤슬이 눈부셨다. 섬과 섬 사이 난바다 쪽을 향하고 서면 언제나 상념이 폭죽처럼 터지고는 했다. 상념이 폭죽처럼 터진들 무슨 소용이랴. 난제의 중량감을 덜어내는 데는 조금도 도움이 되지 않는 걸. 무거운 마음을 안고 케플러의 음악소리에도 귀 기울일 겨를 없이 몽돌을 밟으며 얼마쯤 걷고 났을 때였다. 몽돌 밭에 자리를 깔고 앉은 한 무리의 관광객과 마주쳤다. 두 명의 남자와 여섯 명의 여자가 어울려 술판을 벌이고 있었다.

마음이 느긋하게 적당히 풀어졌던지 그들 중 한 남자가 지나가는 내게 합석을 권유했다. 성급하게 잔에 술을 부어 권하기도 했다. 한산한 늦가을 원지에서 온 낯선 사람들과의 조우가 그렇게 싫지만은 않았다. 썩 내키지는 않았으나 호의를 무시할 명분이 얼른 떠오르지 않았다. 얼결에 술잔을 받으며 그들이 내주는 자리에 앉았다.

하얀 머리카락이 반짝이는 바다와 참 잘 어울린다고 객쩍은 소리를 하기도, 세상 바깥을 사는 사람 같다고 눙치는 이도 있었다. 몇 마디 섞지 않아 말이 통할 것 같다는 느낌이 들었다. 몽돌해변에 앉아 낯선 이들과 술 몇 잔 나누는 운치 또한

··· 밎 ···

흔하게 경험할 수 있는 것은 아니리라. 그들은 먼 도시에 있는 고등학교 교사들로서 관광차 몽돌해변을 찾아왔는데, 명불허전이라며 흡족해했다. 그들이 사용하는 언어는 도회적이었고 한 마디에 여러 의미를 담는 기술도 익히 구사하고 있었다. 이들 중에는 국어나 역사 또는 미술 선생님도 있으리라. 옆의 옆자리의 용모가 단정하고 눈이 맑은 여선생이, 내 표정이 심상치 않다며 무슨 깊은 번민이나 걱정거리라도 있느냐고 물어왔다.

몇 잔 마신 술기운이 작동했던 것인가. 잠시 망설이던 나는 별생각 없이 〈오감도〉의 「시 제1호」를 낭송해 들려주었다.

여덟 사람의 열여섯 개의 눈이 일제히 휘둥그레졌다. 어안이 벙벙했던지 낭송이 끝나고 나서도 한동안 벌린 입을 다물지 못한 이도 있었다.

이런 자연 풍광 속에서 난해한 이상의 시 낭송을 들을 줄은 몰랐습니다.

얼굴 가득 꽃을 피운 듯 활짝 웃으며 여선생이 놀란 표정을 지었다.

자리 봐가면서 전 벌인다고, 고등학교 선생님들이시라니 제 고민을 털어놓을 좋은 기회 같아 용기를 냈습니다.

〈오감도〉와 고민이라니, 뭔가 조합이 잘 안 맞는 것 같습니다?

맞은편에 앉은 남자 선생이 눈을 좁혀 뜨고 이쪽을 건너다 봤다.

그래요. 저도 무슨 말인지 종잡을 수가 없네요.

남자 선생 옆에 앉은 머리를 뒤로 묶은 여자 선생이 거들고 나왔다.

요즘 쓰고 있는 작품 주인공 때문에 제가 고민 중입니다.

예, 그럼 선생님은, 작가십니까?

눈매 고운 여선생이 얼굴 가득 웃음을 피워 올리며 물었다.

그렇다고 할 수는 있습니다. 그렇지만 작가라고 하기에는 좀 민망스럽고 그냥 혼자 원고지와 씨름하며 지내는 무명작가입니다.

아무렴 무명작가 유명작가가 어디 따로 있겠습니까. 작가 선생님은 작가 선생님이시죠. 그래 작품 주인공이 왜 선생님을 고민시킨다는 것입니까?

다시 여선생이 맑은 눈으로 오롯이 나를 쳐다보며 진지한 표정으로 물었다.

다름 아니라, 〈오감도〉의 '오'자를 두고 시비를 걸고 있습니다.

그래서 시를 낭송하셨군요. 그런데 〈오감도〉에서 '오'자를 두고 시비를 걸고 있다니 무슨 뜻인지 잘 모르겠습니다?

여선생의 눈에 의혹의 기운이 깊이 서려갔다.

'조감도'를 언어적 변용을 시켜 '오감도'로 했다는 것이 정설 아닙니까. 그런데 그것이 아니라 '오감도'는 원래 '오감도'가 맞다고 주장하고 있는 것입니다.

〈오감도〉는 '오감도'가 맞다!

내 말이 뜻하지 않았던 것이었던지 여선생뿐만 아니라, 일행 모두 뜨악한 얼굴로 나를 쳐다보았다. 일행은 서로 얼굴을 쳐다보며 눈짓을 나누었다. 용모가 단정하고 눈이 맑은 여선생이 다음 말을 재촉하듯 나를 빤히 쳐다보았다. 나는 작품 속 주인공의 주장을 간략하게 일행에게 들려주지 않을 수 없었다. 일행은 눈을 반짝이며 의아스럽다는 듯 서로를 쳐다보았다.

원래 '조감도(鳥瞰圖)'의 새 '조'자를 까마귀 '오'자로 패러노메시아하여 '새의 시선과 각도로 인간 세계를 내려다보는 것을 의미한다.'는 것이 정설로 굳어져 있지 않습니까.

저도 늘 그렇게 가르쳐왔는데요.

눈 맑은 여선생이 미간을 좁히며 나를 쳐다보았다. 그 한마디에서 국어 선생님임을 알 수 있었다.

맞습니다. 하지만 제 작품 주인공은 종전의 정설을 완강히 부정하고 있습니다. 〈오감도〉는 '조감도'가 아니라 '오감도'가 맞다는 것입니다. 그 주장이 어찌나 완강한지 글쎄, 저는 여간 애를 먹고 있지 않습니다.

건축기사인 시인이 조감도의 '조'자를 '오'자로 변용, '까마귀가 환기하는 독특한 분위기를 통해 암울한 현대인들의 삶의 모습을 암시하고 있다.'는 종전의 연구가 타당해 보이는데…….

맞습니다. 그러나 제 작품 속 주인공은 '조'자와 '오'자의 문자의 변용을 한사코 인정하려들지 않습니다. 대신, '해[太陽]가 내려다본 인간의 실존적 모습, 늘 불안에 쫓기며 허둥지둥하는 인간의 모습을 그린 것'이라는 사뭇 엉뚱해 보이는 주장을 펴고 있는 것입니다. 이를 어떻게, 작품 속에 그대로 수용할 것인가. 아니면 폐기해버릴 것인가. 이 양자택일 앞에 저는 오랜 시간 고민 중입니다.

하지만 그렇게 주장하려면 그 근거가 명확해야 하지 않겠습니까?

맞습니다. 그 주장의 근거가 명확해야 하겠지요. 그런데 명확한 것은 고사하고 아무리 궁리해도 기연가미연가 싶으니 제 고민이 이토록 깊은 것입니다.

작품 주인공의 주장이 무엇인지 궁금합니다.

먼저 '알타이 신화권(神話圈)'이 공유하고 있는 삼족오(三足烏)를 생각해보라고 합니다. 각저총의 고구려 고분벽화에도 선명히 그려져 있는 그 삼족오가 어떤 존재인가. '해'에서 나온 신령스러운 존재라 하여 우리 조상들이 오랫동안 숭상해온 것이

삼족오 아니냐는 것입니다. 따라서 삼족오란 '해' 그 자체를
상징하는 존재가 틀림없다고 고집하고 있는 것입니다.

무슨 말씀인지 아리송합니다.

선생님 반응이 지당합니다. 그래서 제 고민이 이렇듯 깊은
것 아닙니까.

무슨, 또 다른 주장은 없습니까?

'연오랑(延烏郞)과 세오녀(細烏女)' 설화도 들고 나옵니다.

'연오랑과 세오녀' 설화라면?

신라 때 바위를 타고 일본으로 건너갔다는 연오랑과 세오
녀 이름에 각기 '까마귀 오'자가 가운데 들어 있는 것이 무슨
까닭이겠느냐고 따지고 드는 것입니다. 원래 그들이 해와 달
의 일을 관장하는 일관이었기 때문 아니겠느냐는 주장입니다.
게다가 그들이 살며 일관의 임무를 수행한 고장의 지명이 영
일현(迎日縣), 즉 해를 맞이하는 고장이라는 뜻에서도 '오'자가
해를 말하고 있음을 알 수 있지 않느냐고 주장하는 것입니다.

그래요. 연오랑과 세오녀가 일본으로 건너가자 신라에서는
해와 달이 빛을 잃었다고 했지요.

여선생이 관심을 보였다.

그렇습니다. 사신이 건너가 그 사정을 말하고 신라로 돌아
갈 것을 청하자 연오랑이 하늘의 뜻에 따라 일본에 왔으므로
돌아갈 수는 없고 대신 세오녀가 하늘의 실로 짠 베를 가지고

돌아가 하늘에 제사를 지내면 해와 달이 예전처럼 빛을 되찾을 것이라 했지요.

그래서 '오'자는 '조'자의 패러노메시아가 아니라 원래 '오'자가 맞다고 주장하는 것이군요?

맞습니다. 그러니까 '새'나 '까마귀'가 아니라 '해'가 내려다본 불안한 인간의 실존적 모습을 그린 작품이라는 것입니다.

듣고 보니 그 주장이 일견 그럴듯해 보이기는 하는군요.

그래도 저는 그 주장을 승인해야 할 것인지 물리쳐야 할 것인지 결정을 내리지 못하고 있습니다. 무엇보다 무명작가에 지나지 않은 내가 이런 주장을 넙죽 받아들여 세상에 내놓았을 때 사람들이 어찌 생각하겠는가. 도무지 용기가 나지 않아 고민 중입니다.

일행은 신중한 표정으로 그 옳고 그름에 관해 한동안 의견을 나누었다. 주고받는 의견 교환이 고등학교 선생님들답게 진지하고 학구적이었다. 눈이 해맑은 여선생이 최종 의견을 취합해 제시했다.

선생님의 고민이 깊겠습니다. 그렇지만 우리는 그 주장에 공감할 수도 또 동의할 수도 없습니다.

아니나 다르랴. 세상이 공유하고 있는 이해의 정도를 넘어서지 않겠다는 대답이었다.

맞습니다. 이 세상 누가 제 작품 속 주인공의 주장을 순순히 수용하겠습니까.

이 세상은 내 소심함의 근거로 가득 차 있음을 일행은 확인
시켜준 셈이었다.

그러나 그냥 들어 넘길 수만은 없는, 우리도 깊이 생각해봐
야 할 매력적인 명제임에는 틀림없어 보입니다.

여선생은 내 표정이 어둡다고 생각했던지 위로 삼아 그렇
게 덧붙여 말했다. 그리고 침묵이 흘렀다.

7.

5월 들어 두 번째 안개로 다시 뱃길이 막혔다. 이번에는 사
흘이나 뭍과 단절되었다. 안개는 내게서 해와 달과 별은 물론
바다 건너편에 길게 누워 있는 섬과 등대를 비롯하여 내 시선
이 갈 때마다 거기에 있던 방파제와 현수형 가로등도 다 몰
수해 갔다. 구름 위에 떠 있는 것처럼 내 주위에는 비현실적
인 시간이 단단히 고여 있었다.

안개로 뭍과 단절된 지 사흘째 되던 날 또 용문에서 전화가
왔다.

전화를 받기는 했으나 한동안 말이 없는 이쪽의 속내를 짐
작했음인지, 숨죽인 음성으로 마지막 부탁을 하겠다고 운을
뗐다.

다시 용문에 돌아오지 않고, 죽는 것도 돌보지 않겠다는 뜻을 지난번 전화에서 잘 알아들었다. 그렇다면 내가 죽고 나면 집과 땅을 처분하여 사회단체에 기부하는 일은 좀 맡아달라고 했다. 세상에 믿을 사람이 따로 없으니 제발 부탁한다고 간청했다.

내가 더 오래 산다면, 그건 못 해 줄 바 없다고 대답하자, 고맙다고 했다.

그렇게 하려면 먼저 명확히 그 뜻을 문서에 밝혀 합동법률사무소를 찾아가 공증을 해두어야 할 것이라고 했다. 그러면 그 내용에 따라 빈틈없이 처리해주겠다고 다짐했다. 그러자 절차를 알아보고 뜻을 명확히 하여 확실하게 공증을 해두겠다고 대답했다.

전화를 끊고 나자 홀가분해진 한편 슬그머니 쓸쓸해졌다.

소설가로 사는 법

구모룡(문학평론가)

신작 소설집 『김형의 뒷모습』에 실은 「작가의 말」에 의하면, 작가가 통영 한산도로 단신 이주한 지 올해로 17년째가 되었다. 60대 중반에 결행한 일이다. 30세에 등단한 그는 『새남소리』(1981), 『민꽃소리』(1989) 등의 장편을 통하여 우리의 전통에 기초한 예술가 소설의 진경을 재현한 바 있고, 소설집 『비철 이야기』(1985), 『표류하는 소금』(1989), 『겨울환자』(2000), 『바위 물고기』(2003), 『페인트공』(2004) 등으로 개성적인 단편소설의 미학을 드러내며 작가로서의 위치를 확고히 하였다. 이외에 『태양 위에 서다』(1983), 『신들의 여자』(1984), 『아벨의 시간』(1984), 『불의 대리인』(1987), 『예성강 1-4』(1991), 『마지막 영웅 빅토르 최 1-2』(1995), 『스님』(1998) 등의 장편을 썼다. 그리고 2009년에 이르러 『소리꽃 1-2』를 상재하여 『새남소리』와 『민꽃소리』를 이은 '우리 소리 삼부작'을 완성하였다.『소리꽃』은 10년의 공력을 기울인 작품이라고 하는데 『새남소리』이래로 30년의 결실이다. 여기에서 우리는 삼부작 완성이라는 절정에서 돌연 그가 한산도로 이주한 사태를 주목하게 된다. 통영의 단독자적 생활이 20여 년에 이른 만큼 그의 선택이 어떤 일을 이루고 난 뒤에 찾아오는 일시적인 허무 탓은 아닌 게 분명하다. 어쩌면 유익서의 문학은 한산도 이전과 이후로 나뉠 수 있을 듯하다.

　이순을 훌쩍 넘기고 문학적 성취의 중심에 있는 삼부작을 경과하면서 유익서는 2009년 한산도로 작업의 거처를 옮긴다. 이후에 그가 생산한 창작의 산물이 만만치 않다. 소설집 『한산수첩』(2012)과『고래 그림 비』(2016), 장편소설『세 발 까마귀』(2015)와『노래 항아리』(2017)와『진달래꽃』(2021)을 발간하였다.『김형의 뒷모습』은 한산도 이후 세 번째 소설집이며 2018년부터 발표한 작품의 모음이다. 먼저「… 및 …」을 통하여 작가는 일인칭 서술의 효과를 활용하면서 많은 자전적인 사실들을 전달하고 있다. "양평 용문산 자락 양지바른 언덕에 자리 잡은 집"을 떠나 한산도로 내려온 10여 년의 내력이 소상하다. 새로운 삶을 선택한 연유가 "육신의 욕구는 소홀히 하는 대신 정신의 욕구에 충실해온 성정이 그 편안한 생활을 완강히 거부했던 것"에 비롯함을 밝히고 있다. 또한 "세상이라는 책을 읽어내는 밝은 눈"을 갖추는 일이 여전히 아득하다고 느낀 탓이다. 물론 결행에 이르기까지 지난날을 기억하고 수치심에 얼굴을 붉히고 후회에 사로잡히는 힘든 나날을 보낸다. 다니엘 핑크가 후회를 "더 나은 나를 만드는, 가장 불쾌한 감정"이라고 하였듯이 작가는 부끄러움과 죄의식으로 가득한 후회의 정동으로 탈주를 시도한다. 이러한 존재 전환의 사건을 유발한 기저에는 "소년시절, 아직 세상에 존재하지 않은 그러나 꼭 있어야 할 아름다운 소설 한 편을 써내리라"는 결심이 자리하고 있다. 이렇게 소설은 작가가 "손수 끓여 먹고 손빨래하며 10여 년을" 지낸 이야기를 전한다.

한산도의 생활은 "종전 삶의 문법이 소멸"하고 "내게 주어진 유일한 자산인 무한대의 외로움, 그 허공에 상념의 씨를 뿌리고 가꾸며 지내는" 나날로 이어진다. 소설의 화자가 말하듯이 작가는 단독자의 자질을 지니면서 혼자 있는 시간의 힘을 잘 안다. 아니 소설가는 필연적으로 단독자여야 한다. 발터 벤야민에 의하면 경험을 나누는 이야기가 몰락한 시대에 소설은 고독한 개인의 산실이다. 그는 "소설을 쓴다는 것은 인간의 삶을 서술할 때 타인과 공유할 수 없는 고유한 것을 극단으로 끌고 간다는 것을" 말한다고 하였는데 이러한 지적에서 작가의 자발적 은둔과 고립을 이해할 수도 있다. 작가는 자기가 스스로 만든 규칙에 구속하는 삶을 살면서 "매시간 구상 중인 작품 속 주인공을 호출하여 대화를 하거나 어디든 동행하고는" 한다. 이러한 모습은 "봉암 몽돌해변"에서 "한 무리의 관광객"을 만나 쓰고 있는 소설의 주인공 이야기를 나누는 삽화에서 잘 나타난다. 실제로 이 삽화는 이미 쓰인 장편『세 발 까마귀』와 연관한다. 「… 및 …」에서 작가는 한산도 생활의 일단을 보여주면서 표제가 말하듯이 이 소설의 내용이 이전과 이후의 삶의 풍경과 이어지고 있음을 독자가 짐작하기를 바라는 의도를 보인다. 이전의 사정은 앞선 소설집『한산수첩』과『고래 그림 비』를 통하여 확인할 수 있을 터인데 이번 소설집에서 「김형의 뒷모습」과 「달걀 벗기기」와 「탈춤」 등으로 지속한다.

「김형의 뒷모습」에서 일인칭 서술자는 작가의 실제 성인 '유'를 그대로 사용하면서 「… 및 …」에 이어 자전적인 경험을 서술하고 있음을 표나게 드러낸다. 젊은 시절 소설동인 '작가'의 한 멤버인 '김형'이 "그냥저냥 마주치지 않고 지낸 것이 어언 20여 년 세월을 훌쩍 넘"겨 자신의 작업을 위하여 한산도를 찾아온 사건을 이야기하고 있다. 그가 하려는 작업은 팬데믹 상황으로 인한 비대면이 일상화한 가운데 "인류의 비대면의 역사"를 살피기 위하여 최초 문자의 등장을 탐구하는 일인데 마침 통영에 "갑골문자와 상형문자 연구로 박사학위를 받은 연구자"가 있어서 함께 찾아보려고 한다. 소설은 이와 같은 본격적인 사건 이전에 두 사람의 만남을 통하여 현실과 세대 비판, 과학기술의 발달에 따른 문화 변동, 영상 매체의 위세와 문자 매체의 위축, 종교와 철학을 추월한 과학과 디스토피아 단계에 이른 문명 등에 관한 토론을 전개한다. 주로 '김형'의 발화를 경청하며 제시되는 내용이지만 작가의 의도를 반영한다. 마침내 가벼워진 문학판에 관한 염려와 탄식으로 이어지면서 '나'는 '작가' 동인 시절을 회상하기에 이른다. 이러한 과정을 통하여 이 소설은 두 사람의 문학적 경향을 말하면서 작가가 옹호하는 문학을 말하고자 한다. 이는 "단조로운 소품을 경멸하고 문제적이고 참신한 소재를 선택해, 신선한 형식과 기법으로 새로운 맛"을 우려내고 "깊은 사유가 묻어나는 웅숭깊은 문어체를 구사하며 작품의 격조를" 높이면서 "굳이 미시적인 것이나 거시적인 소재를 구분하지는 않았으나, 문학작품이 소일거리가 아니라는 믿음"을 철저하게 견지한 '김형'의 문학과 "민족문화의 원형질적인" 것의 추구라는 '나'의 문학을 지시한다. 이 소설에서 중심 사건은 갑골문자 연구자와 만남에서 비롯한다. 그녀가 "소설과 엮이고 싶지 않습니다"라고 말하면서 '김형'의 취재가 좌절하게 되고, 두 사람은 소설이 거짓말이나 가벼운 이야기로 치부되는 현실을 비판한다. 이 대목에서 '김형'은 톨스토이의 「사람에게는 얼마만큼의 땅이 필요한가?」와 헤르만 헬퍼의 「야릇한 관념」이라는 소설을 떠올리는데 각기 "인간의 근원적 욕망의 무서움"과 "유도된 욕망의 함정"을 말하면서 소설의 효용을 드러낸다. 발터 벤야민은 이와 같은 효용을 이야기가 지닌 조언의 기능으로써 지혜를 나누는 일과 연관한다고 말한다. 바로 이같이 지혜를 직조하는 소설을 쓰려는 이들에게 현실은 큰 장벽이 되고 있다. 소설의 궁극적 지향점을 모르는 세태에 분노한 '김형'이 쓸쓸한 뒷모습을 보이면서 통영을 떠나는 게 소설의 결말이다. 어쩌면 작가가 직면한 곤경과 난감한 내면 풍경의 발현이라 할 수 있다.

작가는 「… 및 …」에서 한산도의 생활과 소설 쓰기에 대하여 이야기하고 「김형의 뒷모습」에서 과학기술의 발달로 인한 인쇄매체의 후퇴와 소설의 추락을 말한다. 한편으로 경험한 사건을 매개로 서술하면서 다른 한편으로 품은 생각을 인물을 통하여 펼쳐 놓는다. 이러한 방법은 「달걀 벗기기」에서 반복되는 일상의 사소한 곤란과 더불어 갈수록 나빠지는 현실에 관한 인식을 여러 에피소드를 이어가며 서술하는 데에서도 드러난다. 3인칭 전지 시점이라는 장치를 통하여 일정한 미적 거리를 만들지만 작가의 경험적 서사임을 알기 어렵지 않다. 소설은 처음부터 "5년 만의 서울 나들이 때 사 온 『젊은작가상 수상작품집』"에 실린 작품을 비판하는 데서 시작한다. 앞선 「김형의 뒷모습」에서 말한 소설의 위기 담론의 연장선이다. 「달걀 벗기기」는 "늘 바람이 창문을 흔드는 섬 갯가에 홀로 위리안치되어 자신의 손으로 밥을 짓고 차려 먹으며 설거지를 한 것이 벌써 13년째"인 시점에서 그동안 "이러저러한 구실"로 만난 통영 사람들의 이야기를 펼쳐 놓는다. 현지 서예가에게서 받은 "고생도 복이다"라는 "글귀를 표구하여 책상 옆에 세워" 둔 일이며 "예비 시인"과 몇 시간을 "좀 엉뚱한 질문을 서로 경쟁하듯" 주고받기도 하는데 어느 정도 일상에서 "굴욕적인 맹종"이 느껴질 정도로 잡다한 상념에 사로잡히는 나날을 제시한다. 그리고 "4년여에 걸친 지루한 작업 끝에 좀, 아니 한참 모자라 더 채우고 싶은 데가 많은 섣부른 원고를 한 권의 책으로 꾸려낸 직후 정신이 좀 허허로운 상태"에서 "이런저런 데를 찾아 발품을" 파는 "방랑"을 하게 되는데 이는 "직전에 출간한 작품의 미진한 데가 지속적으로 정신적 부담으로 알게 모르게 작용하고 있었던 탓"이 큰 데에 기인한다. 2021년 간행한 장편 『진달래꽃』을 의미하는 바, 최인훈의 『광장』과 조정래의 『태백산맥』에 대한 불만이 창작 동인이었음을 굳이 감추지 않는다. 문면에 이러한 사정을 제시하고 있음에서 이 소설이 메타픽션의 요소를 가미하고 있음을 알 수 있다. 전자를 두고 "그의 깜냥이 매장 허가서에 바쿠닌을 금리생활자로 기록한 묘지 관리인의 무식한 세속적 안목에 지나지 않을지도 모를 일이지만, 이명준의 회색적 선택이 올바른 지성인의 행동으로는 마땅치 않아

보였던 것"이라고 비판한다. 또한 후자의 경우에 "빨치산들이 영웅처럼 미화되어 있는 것이나 제시되어 있는 이념이라는 것이 남북의 극한대치와 좌우 대립 등 겹겹이 얽혀 있는 복합적인 시대 상황이나 현상을 너무 단순화시켜 놓은 것"이라고 그 한계를 지적하고 있다. 이처럼 작가는 이 작품 속에서 자신의 『진달래꽃』이 차지하는 위상을 제시하려는 의도를 보여준다. 특히 연해주와 고려인이 강제 이주한 중앙아시아의 경험을 들어 『태백산맥』의 시야가 협소함을 재차 비판하는 데에 이르러서는 깊은 대결의식조차 느끼게 된다. 여하튼 작중 화자라는 페르소나를 통한 작가의 주장은 교차 독법으로 종합적인 이해가 가능하리라고 믿는다.

무엇보다 「달걀 벗기기」가 무게를 둔 화제는 고창 질마재 미당시문학관 방문이다. "고생을 마다하지 않고 공을 들여 해결해나가야 할 다음 과제가 무엇인지 발굴하고 도전하기 위해" 이곳을 방문한다고 하니 곧 '미당문제'가 부각한다. 이 대목에서 소설은 근원적인 감각인 후각을 소환한다. 자두철에 추억으로 남은 소녀의 죽음과 미당의 시편 「연꽃 만나고 가는 바람같이」가 주인공의 내면에 남아 있기 때문이다. 이처럼 시대를 이월하여 영향을 끼치는 아름다움이 존재한다는 전제를 지니고 있으므로 작가는 소설을 통하여 친일의 낙인으로 시인과 그의 작품 전체를 무로 돌리는 사태를 "우리 문화를 우리 손으로 훼절하거나 말살시켜오고" 있는 일로 받아들인다. 에즈라 파운드와 하이데거의 경우를 예거하면서 "아무렴 문학이, 예술이, 형이상학이 정치적 이념에 휘둘려서야 제대로 된 국가며 세상이라 할 수 있겠는가"라고 자문한다. '정치적 올바름'이 문학과 예술을 평가하는 최종 심급이 될 수는 없다. 매일 아침마다 "달걀 껍질 벗기기라는 난제"를 맞듯이 생각과 사유는 더 복잡해야 하고 기다리며 인내하며 수용하는 구체적인 과정을 필요로 한다는 입장이 중요롭다. 이는 반대로 문학과 예술을 정치화하는 사회주의 현실과도 비견된다. 「옳」은 구소련의 교육 현실에서 당과 이데올로기가 학생의 창의성과 자유를 억압하는 사태를 서술한다. 레닌그라드(상트페테르부르크)의 한 학교를 배경으로 한 이 소설에서 주인공 '비쨔'는 더군다나 카레이스키(고려인)로서 소수자에 속하며 사람을 놀라게 하는 예술적 재능을 지녔다.

비쨔는 늘 사람을 놀라게 하였다. 가슴속에 남달리 활활 타오르는 용광로라도 한 틀 지니고 있는 것 같았다. 그가 그린 그림은 사실적이라기보다 지극히 비현실적이고 추상적인 기운이 더 승한 편이었다. 그러나 그 그림은 그때까지 느껴보지 못했던 낯선 감정을, 마치 혼이라도 흔드는 것 같은 강한 기운을 느끼게 하였다. 한 점의 그림

속에 탄생과 죽음 또는 영원한 인류의 꿈같은 것을 담고 있는 듯 심오한 충격을 던졌다. 이제 겨우 열여섯 살 아이의 그림에서 인류의 영원한 꿈같은 그런 심오한 기운을 느낄 수 있다니. 이번에 문제가 된 노래도 브소츠키 노래 몇 곡 외에는 대부분 비쨔가 시를 짓고 거기에 스스로 곡을 붙여 노래 불렀다고 했다.

예술을 정치적 목적의 도구로 삼는 체제에서 비쨔가 보인 시대 이월적인 창의성이 퇴폐나 반동으로 매도되고 "브소츠키나 베르네스"가 "반체제 가수로" 낙인이 찍혀 "마가단 강제수용소"에 갇힌 것처럼 배제될 수 있다. 작가는 1995년 『마지막 영웅 빅토르 최 1-2』를 쓴 바 있는데 이와 무연하게 「옳」은 소련의 해체가 개인의 자유와 창의력의 말살에 기인함을 말하고자 한다. 결말에서 '비쨔'의 할아버지가 연해주에서 중앙아시아로 강제 이주한 사실을 부각하는 데서도 소수민족에 대한 소비에트 체제의 폭력성을 덧붙이고자 하는 의도가 있다. 이 점에서 이 소설은 「달걀 벗기기」와 연결되며 이데올로기와 '정치적 올바름'을 넘어서 존재하는 예술적 가치를 옹호하려는 작가의 입장과 만나게 한다.

「탈춤」의 주인공 '송'도 다른 이름 붙이기라는 변장에도 불구하고 작품 바깥에 있는 작가의 분신임에 틀림이 없다. 이는 소설의 첫머리에서 '송'이 "오래전 음악 전문지에 연재했던 '명인명창을 찾아서' 인터뷰 원고 정리에" 나서는 일과 연관한다. 이는 "유익서가 만난 십오 인의 우리 명인명창"이라는 부제를 단 『소리와 춤을 살았더라』를 출간한 일을 일컫는다. 소설은 이 책 속에 등장하는 "통영오광대 인간문화재" "이기숙 선생"의 기억을 매개하여 전통을 재창조하고 변용하는 문제의식을 드러낸다. 특히 통영의 장소성과 문화적 특이성에 관한 서술이 돌올하다. "사색적인 통영 바다"라는 명제인데 "통영 사람들은 유아기부터 무의식 속에 이 바다와 세병관의 상징이 작동하는 가운데 성장하여, 사색이 많기 마련"이라는 의미를 내포한다. 주인공 '송'은 통영의 장소에 훈습한 문화발전의 가능성을 '하 선생'을 통하여 통영오광대의 혁신으로 실현하고자 한다. 하지만 '하 선생'의 "오광대 개선작업"은 '송'의 다양한 조언에도 불구하고 구체화하지 못한다. 이러한 과정에서 주인공은 "지나온 세월의 잔가지 끝에 걸려 있는 실패담 가운데 몇 가지 씁쓸한 기억"을 떠올리기도 한다. 1974년 《한국일보》 신춘문예에 단편소설 「부곡」으로 가작 입선한 전후의 사실을 '송'을 통하여 회상하지만 '하 선생'에게 이를 이야기하지는 않는다. 이보다 기초를 튼튼히 하면서 "당대의 분노를 뛰어넘어라"고 말하며 "천년왕국 쪽에서 길을 찾아야 할 것"이라고 덧붙인다. 다시 말하여 "오광대 사설에 이 땅의 천년왕국의 비전을" 그려나가라는 과제를 제시한 셈인데, 진정한 의미에서 새로운 시작을 주문한다. 그러나 이와 같은 세계사적인 과업을 '하 선생'이 온전히 수행하기는 힘들 수밖에 없는 일이다. 그만큼 이 일이 작가의 비전인데 이 소설은 이를 통하여 대화적 관계를 형성한 데서 그 사건의 의미를 갖게 한다.

작가는 「탈춤」에서 1974년 가작으로 입선한 작품에 관한 평이 "독특한 상징조작으로 시대상황을 알레고리 해낸 솜씨"였다는 사실을 떠올린 바 있다. 시적 문체와 알레고리는 유익서가 오래도록 놓지 않은 글쓰기의 양상이다. 소설집 『김형의 뒷모습』에서 「저 너머 고향」이 이에 상응하는 작품이라 할 수 있다. 이 소설은 연극 무대와 영상 스크린과 탈놀이판 그리고 현실을 병치하고 융합한 데 이르러 우화를 넘어 전위적 실험의 형태를 보인다. 빛의 벽과 어둠의 벽 가운데 사는 사람들이 "저 너머 고향"이 있다는 사실을 모르는 현실을 비판하고 분단체제에 속박되어 수인이 된 삶을 풍자한다. 이 소설에 등장하는 "탈놀이판"은 앞서 「탈춤」에서 제시한 과업의 일단을 수행하는 일과 무관하지 않은 듯하다. 하지만 천년왕국에 관한 본격적인 프로젝트는 아니며 현실 상황에 관한 알레고리에 그치고 있다. 「탈춤」은 의도한 상징과 우화로 더 많은 해석을 요하는 작품이다. 「… 및 …」으로부터 「김형의 뒷모습」과 「달걀 벗기기」와 「탈춤」에 이르는 자서전적 소설이 회상과 사건의 교차라는 형식을 지닌다면 「옳」은 정공법으로 쓰인 작품이라 할 수 있다.

「혼자 나는 새가 갖추어야 할 다섯 가지 조건」도 정공법으로 쓰인 소설로서 암벽이나 험준한 빙벽을 오르는 인물들의 독특한 이야기를 담고 있다. 일찍이 「성좌도」를 통하여 이러한 소재에 관심을 지닌 작가는 세계적인 산악인인 라인홀트 메스너에 기대어 「혼자 나는 새가 갖추어야 할 다섯 가지 조건」을 제출하였다. '고독한 새가 갖추어야 할 다섯 가지 조건'은 "죽음과 맞닥뜨린 절망적인 순간마다 민수가 읊조리고는" 했던 말이다. "첫째, 부리와 눈은 더 높은 희망을 향하고 있을 일이요. 둘째, 사색의 깊은 호수에서 보석을 건져 올릴 일이요. 셋째, 오를수록 정상은 더 아득함을 알아야 할 일이요. 넷째, 결코 같은 색깔의 깃털에 안주하지 않아야 할 일이요. 다섯째, 늘 낮고 낮은 음정으로 노래를 이어갈 일이다." 마치 고독하게 날마다 새로운 시작을 거듭하는 작가가 견지한 내면의 다짐처럼 들린다. 에드워드 사이드가 말한 '시작'처럼 작가는 끊임없이 묻고 답을 찾으려 한다. 한산도와 통영에서 그가 찾고자 하는 삶의 양식은 여전한 수행의 과정으로 나타난다. 그 도상에서 만난 소설집 『김형의 뒷모습』은 작가의 작품을 다시 읽어야 할 계기를 만들기에 충분하다. 등

단작 「우리들의 축제」를 만난 오래전의 기억이 새롭다. 『비철이야기』에서 시작한 단편집들과 『새남소리』에서 비롯한 장편들을 정독할 일이 수월찮은 과제로 내게 남았다.

한산도에 들어와 '생각과 동거'한 지 17년째를 맞는다.

인류가 가꾸어온 '지식의 숲'은 울창했고, 그 열매는 다양
하고 풍성했다. 그 맛 또한 천 갈래 만 갈래였다. 어쩌다 인연
이 닿아 손에 넣은 열매를 가지고 그 맛을 즐기며 많은 밤을
지새기도 했다. 새롭게 만난 열매의 맛과 자극이 새삼스러웠
던가, 10여 년 넘게 지속해왔는데도 그 생활은 조금도 지루
하지 않았다.

인류는 새로운 가치 앞에서는 늘 옷깃을 여몄고 소용이 다
한 것에는 냉혹했다. 그렇게 인류는 지식의 장을 새로 고쳐
쓰며 역사를 지속해왔다. 이 냉엄한 패러다임 혹은 에피스테
메 앞에 나는 조용히 머리를 숙이고는 했다. 그러나 늘 그렇
게 다소곳하지만은 않았다. 고개를 갸웃거리며 의혹을 품는
경우도 종종 없지 않았다. 아무리 내 모자람을 앞세우고 자
신을 추스르며 고쳐 생각해도 의혹을 지울 수 없는 그런 경
우를 만나 가끔 애를 먹기도 했다. 예컨대 왜, 어째서 인류는
태연히 아름다움을 버려왔는가. 오랫동안 나를 괴롭혀온 이

의문도 그 사례 중의 하나일 것이다.

생활방편의 근저를 이루는 이익추구에 정의, 공평 등 윤리나 도덕 따위가 얼마나 거추장스러운 것들인가. 아름다움도 그런 세상살이에 동행하기 불편한 것으로 여겨져 세상 사람들로부터 배척당하고 경원당해 왔던 것인가. 먼저 그런 의문이 들었다. 그러나 그렇지는 않은 것 같았다. 속 켜를 헤집어 본즉 그것은 일반인들의 예술적 취향이나 세상살이의 방편 때문이 아니었다. 그것은 정작 예술가들의 새롭고자 하는 열망, 즉 작품 제작에 따르기 마련인 '선행하는 것의 사망선고', '새로운 길 찾기' 등 무겁게 압박해 오는 번민의 결과물이 아닌가 생각되었다. 그 열망이나 번민이 작용하여 결국 예술가들 스스로 아름다움의 본가나 성소여야 할 예술작품으로부터 아름다움을 추방해온 것이 아닌가 짐작하기에 이르렀던 것이다. 예술가들의 이런 자해해위를 지속적으로 부추겨온 포스트모던이나 수용미학 등 미학이론에, 한산도 배소에서 홀로 오래오래 거듭거듭 놀라고, 안타깝고 쓸쓸했을 뿐이었다.

그래 어쩌겠는가. 나의 한산도 생활은 그 '전율'과 '번민'의 어느 가장자리를 오며 가며 지내는 것으로 일관해왔다. 이번 작품들도 아마 그 어느 언저리에서 돋아난 들풀 같은 것들이려니 생각한다.

어찌 내 깜냥에 '아름다움의 회복'이나 '아름다움에 제자리 찾아주기' 같은 엄청난 과업을 엄두나 낼 수 있겠는가. 그것은 장차 도래할 '예술혁명'을 도모하는 능력 있는 자의 소임이 되리라!

못난이들을 거둬 거소를 마련해주신 산지니와 궂은일을 마다하지 않는 구모룡 교수에게 깊이 고개 숙여 감사드린다.

2025년 여름
유익서

수록작품 발표지면

저 너머 고향 『좋은소설』, 2025년 봄호.

탈춤 『작가와사회』, 2023년 겨울호.

달걀 벗기기 『동리목월』, 2022년 가을호.

김형의 뒷모습 『좋은소설』, 2021년 여름호.

혼자 나는 새가 갖추어야 할 다섯 가지 조건 『무크 길벗』 창간호, 2018년 12월.

옳 『도요문학무크』 제14호, 2018년 8월.

… 및 … 『좋은소설』, 2018년 여름호.